二見サラ文庫

# はけんねこ

～NNNと野良猫

中原一也

Illustration
KORIRI

C O N T E N T S

【NNN】

ねこねこネットワーク。インターネット上でまことしやかに囁かれている都市伝説。猫による猫のための猫の組織。猫好きの人のいる家に最高のタイミングで猫を派遣する謎の秘密結社。野良猫が生涯飼い猫として幸せに暮らせるよう、日々暗躍している。

# 第一章

◇◇◇◇◇◇◇◇◇◇◇◇◇◇◇◇◇◇◇◇◇◇◇◇◇◇◇◇◇◇◇◇

## 新顔

◇◇◇◇◇◇◇◇◇◇◇◇◇◇◇◇◇◇◇◇◇◇◇◇◇◇◇◇◇◇◇◇

俺たちを取り巻く匂いが変わっていく。

冷たい風にだんまりを決め込んでいた日々は終わり、世界は歓喜にも似た生命の息吹で溢れ返っていた。梅の木に止まっている鳥は美声を響かせると言うにはほど遠いが、未熟ながらも春の訪れを歌っている。

いつか喰ってやる——そう思いながらも、腹が満たされている今は奴の囀りを聞いてやるのも悪くない。

朝にゴミ袋の中から人間の残した魚を引きずり出した俺は、昼頃にもトカゲを二匹ばかりいただいて満足だった。こんな日は昼寝するのにうってつけの場所を確保し、毛繕いのあと、自慢の毛皮を天日干しする贅沢を味わうだけだ。茶トラのハチワレ柄は白と茶色の配分が半々と絶妙で、このところいっそう色艶がよくなったと自負している。

今日は理想の一日だった。

目を覚ます頃には唐紅の太陽は西の空に沈みかけていて、俺は大きな欠伸を一つした。静かに燃えるそれが山の端に消えたあとは、グッと気温が下がる。少々寝すぎたようだ。

俺は前脚を伸ばし、尻を高々と上げて背伸びをしたあと、カーポートから塀に飛び移って歩き出した。

『ねぇ、猫ちゃん。ねぇ、ボス猫ちゃん！』

猫に呼びかける人間の声が聞こえ、脚をとめる。振り返ると、若い女が車の上で蹲っているグレーの猫を見上げていた。手にはキャリーケース。

そいつはボスじゃねぇぞ——俺はその場に座り、鼻鏡をペロリと舐めた。女が話しかけている相手は、耄碌した半外飼いの老猫だ。よく鼻提灯をぶら下げてやがる。

『この子うちの子なの。黒のまだ若い猫。ひじきっていうんだけど見たことある？』

どうやら完全室内飼いの猫が外に出ちまったらしい。『NNN』の活動は猫好きの人間の間では都市伝説として定着しているらしく、俺も何度か脱走した飼い猫の行方を聞かれたことがあった。隠密にコトを運んでも、漏れるもんは漏れる。

正式に組織されたもんじゃあないが、捨てられた子猫や怪我をして野良では生きていけなくなった猫を、猫好きの人間に斡旋してきたのも事実だ。噂になるほどだから、俺のようなのがあちこちにいるってことだろう。

実際、この女のように必死の形相で頼まれりゃ断れないってのが猫情だ。どちらかというと人間ってのはロクな生き物じゃねぇと思っているが、俺は猫好きに限っては寛容な牡だ。俺たちのよさを理解している相手なら、協力するくらいの度量はある。

『ねぇ、ボス猫ちゃん、ひじきを見たらうちに連れてきてくれない？　この道をずっと上った突き当たりを右に曲がった空き地の横が私の家だから』

あんな昼行灯に聞いたって見つかるわけがない。見当違いの相手に頼んでいるのに呆れるが、その必死さは嫌いじゃなかった。

覚えておいてやる——独りごち、再び歩き出す。

夜の帳が下りてきて、生き生きとした世界を優しく包み始めていた。宵闇は俺たちを上手く覆ってくれる絶好の隠れ家だ。

今日も『NNN』が暗躍する夜が始まる。

馴染みの店は、普段どおりの顔で路地の奥で俺を待っていた。

ここに来るまではいつものルートを通って路地をしばらく歩き、人間が通れないような水路の横を少し行って物置小屋の塀を登る。そこから地面に下り立ってさらに路地を進んだ先に店はある。闇にぼんやりと浮かぶ小さな看板。

CIGAR BAR『またたび』。

店のドアを潜ると、カウベルの音がジャズの名盤に重なる。脚を踏み入れた瞬間に別世界へと誘うような、雰囲気のある店内だった。先客が一匹。ボックス席の牡は、俺を一瞥しただけで再び紫煙を燻らせた。

カウンターの中に立っているのは、白地に黒のブチ模様のマスターだ。鼻の辺りにチョビ髭のような黒い模様が入っていることから名前はチョビという。牡盛りには早いが、若造と言うには猫生ってもんを知りすぎている。

「今日は遅かったですね、ちぎれ耳の旦那」

「まぁ、ちょっと野暮用でな」

実は人間が捜していたひじきって猫を家まで送り届けてやった。完全室内飼いの猫ってのはよく脱走を試みるくせに、いざ外の世界に出ると何もできない。予想どおり、件の家付近の草むらで怯えている二つの目を発見し、先導してやったというわけだ。

「あいつらもまだ来てねぇようだな」

俺とマスターは鼻をくっつけて互いの匂いを嗅いだ。猫の挨拶だ。カウンター席に腰を下ろし、肉球の手入れを始める。

さて、今日は何を吸おうか。

「今日の気分はコイーニャなんだが、あるか」

「ええ、ちょうどいい頃合いのが準備できますよ」

マスターはまたたびオタクと言うに相応しいこだわりを持っている。キューバ産はもちろんのこと、めずらしい品も扱っていて、その時の気分に応じて最高の状態に熟成されたまたたびを提供してくれるのだ。

カウンターの裏には温度と湿度を徹底的に管理するキャビネットが設置されていて、熟成中のまたたびが山ほど眠っている。信頼できる店は、俺の知る限りここだけだ。

「どうぞ。キューバ産のコイーニャです」

それが出てくると俺は身を乗り出し、少々誇らしげに「釣りはいらねぇよ」。

ヤモリを丸ごと一匹置いた。

「いいんですか?」

「取っておけ。冬場はどうしても支払いが貧弱になるからな」

またたびの中でも一番有名と言って過言ではないそいつに鼻を滑らせ、匂いを嗅いだ。これだけでも品質のよさがわかる。中身のつまったそれはずっしりと重く、周りを包むまたたびの葉の状態もいい。

ゴツゴツした表面を肉球でゆっくり撫でて感触を楽しんだあと、シガーカッターに前脚を伸ばした。吸い口を作るためだ。

切り方一つ取ってもこだわりってのがあり、味わいも変わる。

V字型に切るVカット——通称キャッツ・アイは俺が好む切り方だ。こいつは断面が広く、香り、味わいともにマイルドになる。立体的なカットは少々コツが必要で、初心者は注意しなければならない。

次によくやるのがフラット・カットで、これはスタンダードな切り方だ。ストレートにカットするのだが、ポイントはヘッドの丸みを僅かに残すことだろうか。骨太な味わいが楽しめるとよく言われるが、感じ方は猫それぞれで余計な知識をあまりため込むのもよくない。信じていいのは、己の感覚だけだ。

他にはヘッドの中央を丸く切るパンチ・カット。ピアサーと言ってヘッドに穴を開けるやり方もある。

キャッツ・アイにカットした俺は、フット面（着火口）をシガー・マッチで炙り始めた。火をつけるにもそれなりの時間が必要で、専用のマッチは長く、リンの匂いがあまりしない。またたびの香りを邪魔しないために工夫されている。

またたびってのは、繊細さが求められる大人の嗜みだ。ルールってもんを知らないと、楽しみは半減する。

「片目さん、今頃何してるんですかねぇ」

「マスターのまたたびがなくて飢えてるかもなぁ」

「そうですかね。でも、心が通じ合う相手と再会できたんです。そのくらいの不自由は我慢できるでしょう」

火がつくとそれを咥え、口の中を煙で満たして舌の上で転がした。相変わらずいい仕事をしやがる。若草の爽やかさと甘みのあるフレーバーを、目を閉じて味わった。

「マスターのまたたびなしじゃあ、俺ぁ生きていけねぇよ」

片目というのは、店の常連だった俺の悪友だ。白猫のくせに薄汚れているせいで薄いグレーにしか見えなかった。もとは飼い猫で複雑な事情から野良となったが、三年ぶりに飼い主と再会し、この住宅街を去っている。

こんなふうにまったりしている時に、必ずと言っていいほど視界の隅に入ってきた顔は、今や空席に取って代わった。デカい面は邪魔だったが、なくなると少々物足りない。こうしてまたたびに酔いしれていても、肉球の間に小石が挟まったみたいな気分になるのはどうしてだろうか。

もしかしたら、片目がいなくなったあとの縄張りを自分のものにしようと若い牡が狙っているからなのかもしれない。勢力図が安定するまで若造が我が物顔でうろつくのは当然のことだ。そういう時はどこか殺気だった空気も漂っていて、落ち着かない。

その時、カウベルがカランッ、と来客を知らせた。

「いらっしゃいま……」

マスターの声が途切れ、俺はなんとはなしに振り返った。そして、目を瞠る。

入ってきたのは黒と茶色の混じったサビ柄の若い牡で、気骨のある野良猫だ。自動車修理工場の辺りを縄張りにしていて、汚れたオイルを頭から被った茶トラのような模様から、いつしかオイルと呼ばれるようになった。

奴の左目は大きく腫れ上がり、血が滲んでいた。鼻鏡にも引っかかれた痕があり、口元も切れている。飯を喰うのも痛いだろう。若い連中の中では頭一つ飛び抜けて強いオイルがこの怪我だなんて、やり合った相手が気になる。

「なんだよ、おっさん。ジロジロ見てんじゃねぇよ」

いかにも不機嫌といった声に「そう怒るな」と返したが、オイルの野郎は軽く鼻を鳴らしただけだ。スツール二つ挟んだ俺の隣に座る。怪我を見られたくなかっただろうが、マスターのまたたびの誘惑には勝てなかったといったところか……。

オイルは俺と同じコイーニャを注文すると丸々太った芋虫で支払いをし、いつもより少しばかり性急に火をつけて口に運んだ。やはり痛いのだろう。鼻をしかめている。しかし、それも次第に落ち着いてきた。酔いが痛みを和らげてくれているようだ。

「誰にやられた？」

「……デカい新入りだよ」

言葉をちぎって捨てるような言い方だった。極上のまたたびを口にしても、上機嫌とはいかないらしい。ただし、質問に答えるくらいの冷静さは持ち合わせている。

「どんな奴だ？」

「かなりの貫禄だった。あんたくらい年季が入ってる」

「ちぎれ耳さんと同じ頃の年齢の猫ですか。若いのが流れてくることはよくありますが、めずらしいですね」

「そういや、また山崩して家を建ててるんだよな」

俺は少し前に聞いた話を思い出した。人間どもの破壊活動は、俺たち野良猫の居場所を容赦なく奪っていく。いや、野良猫だけじゃない。タヌキやイタチ、鳥どもも同じだ。木の上に巣を作っていようが巣穴に子供がいようが、連中には関係ない。

「なるほどね、強いわけだよ。山ん中走り回ってたんだからな」

闘った時のことを思い出したのか、オイルは面白くなさそうにフンと鼻を鳴らした。そして、こう続ける。「……次会ったら追い出してやる」

かなりの怪我だってのに、怖じ気づくどころか再戦すら望んでいそうな目つきに、若いな……、と口元を緩めた。鼻がむず痒くなるが、こういう奴は嫌いじゃない。

俺は片目のいない席を心のどこかで意識しながら、まだ少し苛ついているオイルの気配をつまみにまたたびを灰にしていった。それが半分ほどの長さになった頃、今度はけたたましくカウベルの音が鳴る。

ドアの開け方だけで、誰が入ってきたのかわかった。

「ちょりーっす。今日もフラれたっすよ～」

やっぱりだ。

俺は苦笑いした。白猫が黒のふくめんを被ったような見事なハチワレ柄の若造はお調子者でうるさいが、みんなに好かれている。名前も見た目のまま、ふくめん。ちぎれ耳の俺も他猫（ひと）のことは言えないが、猫の名前ってのはどうしてひねりがないのが多いのだろう。

「今日は旨（うま）いまたたびでも吸って……」

マスターに鼻の挨拶をしたふくめんは、オイルの状態に気づいて固まった。

「ど、どうしたんっすか？」

「座れよ。俺になんか聞いたら噛（か）みつくぞ」

「え、えっと……マスター。俺、オイルと同じのください」

そう言って、気まずそうにオイルの隣にちんまりと腰を下ろした。牽制（けんせい）された手前何も聞けないでいるが、チラッ、チラッ、と隣に目を遣（や）るものだから、オイルの鼻のシワがどんどん深くなる。

「見るなっつってんだろう！」

パン、と爪を出さない猫パンチで、オイルが額を押さえ込む。フグッ、と妙な声をあげて、ふくめんは硬直した。こんなふうにされると猫は弱い。動きを封じられる。

「み、見るなとは言われてないよぉ、オイル」

オイルはフン、と鼻を鳴らすと前脚を離した。

「もしかしたら、靴下柄のおっさん？」

「なんだ、知ってんのか？」

「うん、なんかすごく強いって。会ったら逃げろって噂されてるっすよ」

「そんなの関係ねぇ」

奴の話は聞きたくないといった顔だ。さすがのふくめんもそれ以上新入りについて話そうとはせず、出てきたまたたびを黙って味わった。

夜は更け、マスターが何度目かになるＢＧＭの交換をする。哀愁のトランペットが傷を負ったオイルを慰めるように店内をぬらりと舐めた。極上の時間に深く沈んでいく。

だが、俺のまたたびも終盤に差しかかろうかという頃、再びカウベルが鳴った。振り返った瞬間、不覚にも背中の毛がツンと逆立つ。

来やがった。

靴下柄の白黒だ。黒の割合が多く、顎の下と胸の辺りも白でタキシードを着ているように見える。その精悍な顔立ちは凄みを放っていた。脚が太く、顎が少し曲がっている。凄絶な喧嘩を経てきたのは間違いなく、目つきだけでもどれほどの牡かわかった。

店内の注目を浴びながら、奴はボックス席に座った。マスターが注文を取りに行く。

「あんたがマスターか。この店は旨いまたたびを出すって聞いたが」

「はい。最高の品をご用意しております。喧嘩は御法度。これさえ守っていただければどなたでも」

マスターが緊張しているのがわかった。視界の隅では、オイルの尻尾が右に左に忙しなく揺れている。苛ついている証拠だ。

「店のルールは知ってる。こういった場所で力を誇示するような野暮な真似はしない」

奴はそうつぶやいた。声も低ければ言うこともその辺の若造とは違う。俺はまたたびを味わいながらも、奴が何を注文するか耳を傾けた。

「アチェ・ウプニャン」

短く、だが慣れた口調で言葉は放たれた。

ウプニャンか。俺は思わずニヤリと口元を緩めた。

ヘヴィー級とは言えないが、熟成されるにつれて複雑に絡み合う味わいが特徴のまたたびだ。あの面でウプニャンを嗜むとは、面白い。しかも、支払いはかなり大きなヤモリが丸ごと一匹だ。

奴は手にしたまたたびの匂いを嗅ぎ、シガー・マッチに前脚を伸ばした。火のつけ方も手慣れていて、マスターも満足そうだ。扱いを知らない若造なんかに得意げにやられるとマスターのヒゲがビリビリ反応するが、あの顔は合格どころの話ではない。

ご自慢のまたたびを任せる相手として、相応しいと認めちまっている。

新顔はゆっくりと紫煙を燻らせた。よそ者なのに、常連が雁首揃える中、この落ち着きようはさすがだ。肝が据わっている。

「よぉ、サビ柄の若造。痛みは引いたか？」

突然だった。

敵陣まっただ中、その台詞を吐くとはなかなかいい感じにグレてやがる。いい歳したオヤジだが、落ち着くには早いといったところだろう。揶揄とも取れる奴の言葉に、オイルの尻尾の動きがさらに激しくなる。

俺は黙って成り行きを見ていた。

「次はそうはいかねぇ」

「お前のテリトリーを奪うつもりはないから安心しろ。俺は五丁目を貰った。これからは仲よくやろうや」

「誰がだよ」

オイルがふてくされたように言う。

そうか。片目の場所はこいつが貰ったか。

あいつのいた場所をどんな奴が仕切るのか気になっていたが、悪い気はしなかった。若造なんかに奪われちゃ面白くねぇが、こいつなら納得できる。

ふん、と鼻を鳴らして、俺は残り少ないまたたびを口に運んだ。火をつけたばかりの時とは違う味わいがし、メロウな酔いに俺の背中の毛も落ち着きを取り戻す。

なぁ、片目。なんだか面白い奴が現れたぞ。

出産シーズンもピークを迎えると、あちらこちらで腹のデカい母猫を見かけるようになる。若いのから熟牝まで、みんな腹に新しい命を宿していた。芳しい匂いを纏った、発情した牝の数も減ってきて、俺たちも落ち着いてくる。

その日。俺はいつもと違う空気を感じていた。いい天気だってのに、不穏なものが漂っている。烏がやたらとうるさかった。

「なんの騒ぎだ……?」

嫌な予感を抱いた俺は声のほうへ向かった。鼻鏡を舐め、匂いをキャッチする。微かな血生臭い匂い。烏が喰い物にでもたかっているのかと思ったが、そんな生易しいもんじゃない。

「あれは……」

空き地の隅に捨てられた木箱を烏が取り囲んでいた。中で何かが動いている。猫だ。

少し前まで雑草だらけだったが、今はよく見渡せた。人間が刈ったのだろう。上手く隠されていた場所が剝き出しになって烏に見つかったのだ。奴らは目がいい。木箱の中にいる猫の存在に気づいて集まってきたに違いない。あいつらは数でかかってくるから、厄介だ。悪知恵も働く。

一羽の烏が木箱に顔を突っ込んだかと思うと、シャーッ、と威嚇の声が聞こえた。

「よせよせ、関わるな」

俺は顔を覗かせるお節介を押し込めた。野良猫の世界は過酷だ。いちいち弱い者を気にしていたら身が持たない。運の悪さや経験不足が招く悲劇は、そこら中に転がっている。俺は自分にそう言い聞かせて歩き出した。しかし、カァッ、と高く鳴く声に後ろ毛を引かれて再び立ちどまる。そして、奴らの様子を遠くから眺めて気がついた。

数羽の鳥が地面に落ちたレバーのようなものをつついている。奴らが喰っていたのは、出産時に子猫と一緒に出てくる胎盤だ。

なんてこった。

中の猫は、今まさに出産中なのだ。だから黒い連中は執拗に取り囲んでいたのだろう。奴らの狙いは、生まれてくる子猫だ。今なら母猫もほとんど反撃できない。雑草を刈られてもなおあの場所をねぐらにしていたのは、産気づいて身動きが取れなかったからなのかもしれない。

再びシャーッ、と威嚇するのが聞こえた。キジトラ柄が見える。アーオ、と鳴き、懸命に追い払おうとしていた。ギャアッ、ギャアッ、と烏のダミ声がいっそう空に響いたかと思うと、一匹連れていかれる。くそ、忌ま忌ましい奴らめ。

気がつけば、俺は踵を返して奴らのところに向かっていた。ジャンプ。

バサバサ……ッ、という羽音とともに爪の先に手応えを感じたが、狙った獲物は電線の上だった。黒い連中にああして見下ろされると不気味だが、俺が怖じ気づくと思ったら大間違いだ。かかってこい。なんなら全員喰ってやってもいい。

俺は指の間を舐めた。爪に羽毛が引っかかっている。その場で毛繕いを始めた。

「なんだ、やんのか？」

電線から一羽下りてきて、両脚を揃えてチョンチョン、と前に進んで近づいてくる。もう一度ジャンプ。羽音とともにカァッ、と嫌な声が響いた。

そもそも俺は鳥が嫌いだ。声は汚いし、野良猫をからかうような行動もよく取る。

連中はしばらく俺を見下ろしていたが、一羽、また一羽と飛び立っていった。数分後には鳥どもは全員消えている。

やれやれ、と耳の後ろを毛繕いし、木箱に近づいていく。

「おい、あんた」

声をかけるとシャーッ、と威嚇された。気が立っているのだ。仕方がない。しかも、尻の辺りに明らかに出産のものではない出血があった。つつかれたのかもしれない。

これ以上構うと神経を逆撫でるだけだと、俺はその場から離れた。鳥の野郎はしばらくは戻ってこないだろう。逃げる時間は作ってやった。あとは若い母猫が自力で安全なねぐらを探すだけだ。

また余計なことをしちまった——何度反省してきただろうか。

「ちょりーっす、ちぎれ耳さん」

脳天気な声に振り返ると、尻尾をピンと立てたふくめんが俺に向かって勢いよく歩いてくるところだった。奴の顔が近づいてきたかと思うと、フガッ、と鼻が鳴る。挨拶の時に勢いあまってぶつかるのは、いつものことだ。

こいつは猫懐っこすぎていかん。

「お前な、何度俺が……」

「ちぎれ耳さん、格好よかったっすよ！」

興奮気味なのは、烏との対決を見ていたからのようだ。落ち着いている時は淡い桜色の鼻鏡が、真っピンクに紅潮している。肉球も火照っているに違いない。

「何がだ」

「烏。蹴散らしたじゃないっすか。子連れの牝を護るなんて、牡の中の牡っすよ」

「あほう。俺は烏が嫌いなだけだ」

「またまた〜」

俺が歩き出すと、ふくめんはなぜかついてくる。猫のくせにつるもうだなんて、ますますこいつは理解できない。

「それより大丈夫っすかね。あの母猫、怪我してたでしょう？」

俺は脚をとめてふくめんを見た。すると、臆面もなくお節介を口にする。

「ちゃんと育てられるんっすかね？　俺らが斡旋してあげなくていいんっすかね？」

ふくめんが『NNN』の活動に興味を持ち始めたのは、去年のことだ。烏に襲われた子猫を人間に斡旋した時についてきて、それ以来、使命感のようなものを抱いている。

「お前が探してやれ」

「でも、どこもいっぱいいっぱいいっぱいっすよ」

ふくめんの言うとおり、あてはない。

今年の春も何匹か人間に託した。捨てられた猫と若すぎる母親に育児放棄された猫だ。捨て猫はすでに一匹飼っていた家に託し、見事多頭飼いをさせることに成功した。俺らの勝利だ。育児放棄のほうは衰弱して半分は死んだが、残りは人間に保護させている。今頃新しい飼い主のもとでぬくぬくと暮らしているだろう。

「せめて片目さんがいれば……」

「もういねぇ奴のことをいつまでも口にするな」

「だって、頼りになるのがちぎれ耳さんだけじゃ……、あっ。出てきたっすよ！」

ふくめんにせっつかれてそちらを見ると、若い母猫がよろよろと木箱の中から姿を現すところだった。電線に烏は止まっていない。

「どこに行くんっすかね」

子猫を咥えた姿に、胸の奥が何やらざわついた。下半身に力が入らないのか、長い尻尾は垂れ、尻を低くして歩いていく。恐怖のせいではない。痛くてまともに歩けないのだ。

「お前はついてくるなよ」

「え、ちょっと……っ」

よせばいいのに、俺はふくめんを残してあとを追った。そっちじゃねぇ。逆だ。

この辺りの住宅は新しく、土が剝き出しになった庭も多い。隠れる場所があるのは昔ながらの家が並んでいるほうだ。

俺はもどかしい思いでいっぱいだった。だが、声をかけてもどうせ威嚇しかされないだろう。だったら放っておけばいいのに、歳を重ねたせいか、特に最近は若いのが苦労してるのを見るとそわそわする。

その時、鳥の羽音が耳に飛び込んできた。

「――っ！」

黒い連中が戻ってきたかと思ったが、飛んできたのは鳩（はと）だった。俺としたことが。

鳥の羽音は風を切るように聞こえるが、鳩のほうは空気を搔（か）く感じに近い。どこか重く、愚鈍そうなのだ。何を焦っているのだろう。奴は俺がいるのにも気づかずクルックー、と鳴きながら地面をつついていた。むっちりした躰（からだ）を見ていると段々腹が立ってきて、間に合わないとわかっていながら襲ってみる。

パタパタパタ……ッ、と羽音が響いた。

目の前を横切るように飛んでいく鳩に、母猫が行き先を変えたのはその直後だ。意図的ではなかったが、上手くいった。母猫は植え込みの間から古い家の敷地に入っていくと、トタン屋根の物置へと侵入した。俺も続く。

中にはたくさんの荷物が積み上げられていて、長年放置されているのは明らかだった。俺たち猫が好む場所だ。身を隠せる。鳥の野郎もここまでは入ってこない。

母猫は隙間に入り込むと、躰を横たえて子猫の毛繕いを始めた。

「坊や、もう安心だからね」

ガキのほうはまったくの無傷で、母親の腹に顔を埋めるように乳を吸っている。しかし再び産気づいたらしく、母猫は何度も体勢を変えた。まだ腹の中にいるらしい。

安全なねぐらを見つけたのを確認した俺は、馬鹿なことをしたと呆れながらも足音を忍ばせて外に出た。

振り返り、未熟な若い母猫の気配につぶやく。頑張れよ。

俺があんこ婆さんのところへ向かったのは、鳥に襲われた母猫を見てから十日ほどが過ぎてからだった。いつも通る道から少し外れ、道路を渡って塀の上を延々と歩いていく。

人間の婆(ばばあ)が集まって井戸端会議をしている個人商店の隣の家が目的の場所だ。掃き出し窓の外にウッドデッキがあり、よくそこで昼寝を決め込んでいる。

庭に入ると、気持ちよさそうに寝ている姿が目に飛び込んでくる。

「おや、ちぎれじゃないかい」

あんこ婆さんは、俺の気配に気づいて目を開けた。

見事な三毛猫で真っ二つに折れた鍵尻尾だが、それが二本ある。猫又(ねこまた)になりかけのあんこ婆さんの二本目の尻尾はこのところますますはっきりしてきて、どっちが新しい尻尾なのか見分けがつかないくらいだ。ちなみに人間には見えないらしい。

猫又化したら妖力が使えるのかと、もっぱら野良猫界隈(かいわい)で話題になっている。

「わざわざこんな年寄りの顔を見に来るなんて、どうかしたのかい？」

「まぁ、ちょっとな」

俺はウッドデッキの上に座り、毛繕いを始めた。肉球の間に挟まった汚れを舌でこそぎ取り、爪の根元まで一本一本丁寧に舐める。さすがあんこ婆さんのために設(しつら)えたというだけあり、日当たりもよくぽかぽかしていて心地よかった。

あんこ婆さんは、ことあるごとに飼い猫もいいと言う。自由を手放す代わりに深い愛情を得られるのだそうだ。なんとなく理解できる。俺にも心を許した人間がたった一人いたからだ。俺にちくわをくれた婆ちゃんとの交流は、今も忘れずに心にある。

「なんだい黙りこくって、気持ち悪いね。そんなにあたしと一緒にいたいのかい?」

「まぁな」

実はあれから何度か、母猫の様子を見に行った。

まだ生きている。

そんなふうに安堵しながら、何度あの小屋から出ただろう。けれども、母猫が日に日に衰弱しているのも目に見えてわかった。烏につつかれた傷が化膿しているのは明らかだ。餌も獲りに行っていないに違いない。ガキは二匹だが、何も喰わずに乳を与え続けるなんて体力も限界だろう。

「片目の小僧がいなくなって、寂しいんじゃないのかい?」

「そんなんじゃねぇよ。ただ、あいつはいい斡旋先を見つけてきたからなぁ。難儀してるよ」

鶯の声が聞こえてきた。春先は未熟だった歌声もこのところ澄み渡った空によく響く。

「なぁ。あんこ婆さん。あんたんとこ、二匹増やせねぇか?」

俺は自分の台詞に驚いていた。なんとなく脚を運んだつもりだったが、俺を駆り立てていたものがあったようだ。

烏に囲まれながらも必死で威嚇していた姿が脳裏に蘇る。

そうだ。若い母猫は力尽きるだろう。新しいねぐらを見つけるだけでもやっとだった。

せっかく助かったガキも、母猫が死ねば同じ運命を辿る。懸命に乳を吸うガキの姿は俺の心にずっと残っていて、なんとかしたいという思いが育っていた。

「急にどうしたんだい？」

「駄目か？」

「あたしの居場所を少しも分けてやる気はないね。この歳でガキと一緒に暮らすなんてことになったら、ストレスで死んじまうよ。しかも二匹だろ？」

「だろうな。忘れてくれ」

俺は自分の甘さを嚙み締めて嗤った。

そもそも助けてやりたいなんて思いこそが、傲慢なのだ。『NNN』の活動を通じて、何度そう思っただろう。

「お前さんもまだまだ青臭いねぇ」

「あんたに比べりゃ、みんな若造だよ」

「少し脚を伸ばしたらどうだい？　山を崩して宅地にしてるだろう？　あっちまで行けば、案外いい斡旋先が見つかるかもしれないよ」

確かに新しい人間が入ってくれば、斡旋先の候補にできるだろう。俺のテリトリーからは随分離れるが、仕方ない。

「そうだな。行ってくるか」

「ま、頑張んな」

あんこ婆さんに見送られ、俺は歩き出した。

車通りの多い広い道路を渡ると、その向こうにガソリンスタンド、そして奥に田んぼが広がっている。左側が古くからの宅地で、道路一本挟んだ右側が山を崩して宅地を造成しているところだ。人間の生活の匂いがする一画もある。

俺は塀に飛び乗り、辺りを見渡した。新しい家は木すら生えていない庭ばかりだ。どこも似たようなもんだったが、庭に猫の人形を飾っている家を一軒見つけた。植えたばかりの芝生が青々していて他の家よりいくらかマシだ。水道の下に置いてあるバケツに水が溜まっていて、そこで喉を潤す。

中を覗いても人の気配はせず、斡旋先として有力かどうか確かめる術はなかった。

「くそ、上手くいかねぇな」

俺はそう吐き捨て、脚を伸ばしたついでに古くからあるほうの住宅街も見て回ることにした。手ぶらで帰るのもなんだか癪だ。

太陽は相変わらず穏やかで、人間が立てる物音だけが響いている。地響きをさせながら通り過ぎる車は図体もデカく、まき散らされる砂埃の量も多い。道路の隅で取り憑かれたように地面を掘っている人間もいた。ガガガ、ガガガ、ガガガガガ。真剣だ。犬公のように楽しそうかと言うとそうでもない。

それらを横目に、もと来た道を古い住宅街のほうへと向かう。

俺がどれだけデカい面で歩いても、見慣れない顔に戦いを挑んでくる野良猫はいなかった。昼寝でもしているのだろう。こんな日に縄張り争いなんて誰もしたくない。

だが、ある家の塀に飛び乗った時、微かに猫の匂いが漂ってきて身構えた。

匂いを辿り、庭を覗く。意外にもそこにいたのは猫ではなく大きめの雑種犬で、犬小屋の前で寝ていた。駄目だ。犬公がいる家には連れていけない。

「確かに猫の匂いがしたんだがな」

犬公の年齢なんてよくわからないが、しょぼくれた顔からしておそらく老犬だろう。つまらなそうにしている。こんなところに放り出されて、気の毒なことだ。

犬ってのは、いつも人間に尻尾を振っている印象がある。年がら年中楽しそうで、悩みなんてなさそうだ。俺たち猫のようにまたたびを燻らせ、猫生のほろ苦さを嚙み締めるなんてこともないだろう。猫の迷惑も顧みず脊髄反射で吠えてくる単純さは、呆れるのを通り越して感心する。

それでも、人間へ忠誠心を貫くところは認めているんだ。そんな犬公が、こうして人間に相手にされず庭に繋がれているのを見ると、さすがに憐れに思えてならなかった。

「よぉ、犬公。何やってんだ？」

思いきって話しかけてみた。だが、無視される。

「人間に飽きられたのか？　だから人間なんざ信用しちゃいけねぇんだよ」

俺は庭に下り立ち、ツツジの木の匂いを嗅いだ。猫が入ってきても吠えないなんて、どこか悪いのか絶望しきっているのか。

あまりに無反応のためチャレンジ精神のようなものが湧いてきて、俺は尻をツツジに向けて小便を引っかけてやった。さすがに来るか。身構えながら犬公を見たが、やはり動きはなかった。次に庭木で爪でも研ごうとしたが、俺と同じ考えの野良猫でもいたのか、すでに爪痕がある。馬鹿馬鹿しい。やめた。

「なんだよ、犬ってのは猫の敵じゃねぇのか」

挑発したが、目を開けて俺を一瞥しただけでまた目を閉じる。

「チッ、辛気臭ぇ」

ふいに、俺を見かけるといつも吠えてくる尻尾のない不憫な短足犬を思い出した。俺のテリトリーの近くで放し飼いにされているが、ここんとこ姿を見ない。

あいつはうるさいが、幸せそうだ。

その時、飼い主らしき人間が犬公のいる家から出てきた。偉そうな歩き方をした頭の毛が薄い中年の男。俺の嫌いなタイプだ。

また猫の匂いが鼻を掠めた。犬公しかいないってのに、どうもおかしい。不可解に思いながらも、これ以上探しても無駄だと諦めて帰ることにした。今日は早めにマスターのところに行って旨いまたたびでも吸いたい。

その時、視線を感じて辺りに目を遣った。すると、オイルと一戦交えた新顔が少し離れた塀の上から俺を見ていた。靴下を穿いたタキシード柄の猫。

奴が宅地造成前の山に住んでいたのは確からしい。片目が仕切っていた五丁目を新しい縄張りにしたようだが、ここはもといた場所の近くだ。この辺りまで来ても不思議ではない。

俺はその場に座り、毛繕いを始めた。

距離はあるが、互いに意識しているのは明白だった。筋肉質の躰とふてぶてしい態度は、遠くからでも手に取るようにわかる。もし、やり合うことになったらタダでは済まないだろう。いずれ来るかもしれないその時のために、爪は常に研いでおくことにする。

奴は俺をじっと見ていたが、くるりと躰を反転させて塀の向こうに姿を消した。

「何を物思いに耽ってるんですか？」

マスターがカウンターの中から声をかけてきた。

今日は客はまばらで、オイルの姿もふくめんの姿もなかった。この時期は自分で狩りをせずとも、公園に行けばおやつをくれる人間が結構いる。俺は人間に媚を売るのは好きじゃあないが、若い連中は上手いことやって餌を確保していた。

梅雨の訪れまでは支払いに事欠かないのに、常連のあいつらがまだ来てないのは牝のケツでも追いかけているからだろうか。たまには静かでいい。

「そんなんじゃないさ」

それ以上追及はしてこないが、マスターにはなんでもお見通しのようだ。敵わない。俺の心にできた小さな鉤裂きも見つけてしまうのだから……。

「なぁ、最近情報屋は来たか？」

「いいえ。このところ見ませんねぇ」

ため息なんて似合いもしないのに、紫煙とともにそれを吐き出す。

俺が味わっているのは『オヨ・デ・ニャンテレイ』というまたたびだった。火をつけたばかりの時はほんのりとフルーティーな甘さが感じられるがそれでいて深いコクもあり、どこかクリーミーな味わいを楽しめる。

「情報屋って、また斡旋したい猫がいるんですか？」

「まぁな」

「相変わらず損な性分ですね」

「どうせ俺は甘ったれだよ」

そう言って俺は口元を緩めた。

有力な斡旋先を見つけたら教えてくれる情報屋は、春先に飼い猫が天国に旅立った夫婦の家を紹介してくれた。失ったばかりで次は早いだろうと思ったが、意外にも受け入れてくれたのは驚きだ。多少無理に押しつけるくらいでもいいのかもしれない。

俺たちの斡旋が再び猫を飼おうか迷っている人間の背中を押すことになるのだから……。

「話だけでも聞きますよ」

マスターの言葉に、俺は話してみようという気になる。

鳥につつかれた母猫が懸命に子供を護ろうとする姿は、生に執着する切実さに溢れていて、俺たちの前に立ちはだかる自然の摂理に無力さを感じるしかなかった。

以前は当然だと受け入れられたことも、このところどうしようもなく切なくなる時がある。

「そうだったんですか」

「あいつはよく斡旋先を見つけてきたからな」

片目のいない苦労をこんな形で味わうとは想像だにせず、自分を嗤う。

「しかし、鳥ってのは厄介ですね。俺もガキの頃は狙われました。いまだにあの声は不快ですよ」

「だよなぁ、俺も苦手だ」

「ちぎれ耳さんでも苦手なものがおありになるんですね」

「あるさ。俺は臆病者だ」

口の中で転がした煙を吐くと、それは闇に溶けていく。吸い進んでいくうちに乾いた樹木のような味わいが加わっていき、極上の時間が佳境に入っていくのを感じた。

やはりマスターは他に類を見ないマイスターだと断言できる。これほど充実した時間が他にどこで味わえるだろう。もの悲しく魂を揺さぶるピアノの音色も、俺をいい具合に酔わせてくれる。

その時、店のドアが開いてカウベルが来客を知らせた。またたびを口元に運ぶ前脚をとめ、横目でチラリと見てから視線を戻す。

奴だ。

新顔はカウンターではなくボックス席へと向かった。前回もいた場所だ。

ふ、と笑ったのは、今日のように客足が少ない時でもあの席を選んだからだ。こういった店でいきなり常連のいるカウンター席に座るような無粋（ぶすい）な牡ではないらしい。遊び方ってもんを知らない奴は、特等席を何喰わぬ顔で占領したりする。

もちろんどこに座ろうが勝手だ。しかし、長年客として店を支えてきた相手に多少でも敬意があるなら、俺は一番いい席は空けておく。それが美学ってもんだ。選ぶ席一つとっても、猫となりってもんが出る。奴は最低限の礼儀は心得ているらしい。

今日は何を注文するのだろう。奴が何を選択するかなんて俺には関係ないってのに、つい聞き耳を立てちまう。悪い癖だ。

「マスター、注文頼む」

「はい」

「今日は『ロメオ・ニャ・フリエタ』って気分なんだが」

「ご用意できます」

いい選択だ。マスターの腕を知るこれとないチャンスになる。

ロミオ&ジュリエットなんてロマンチックな名前が由来だが、中級者以上向けの濃い味わいが特徴のまたたびと言っていい。ウィンストン・ニャーチルが愛したまたたびとしても有名で、上手く熟成されていないと苦みばかりが主張する味わいとなる。有名で人気もあるのに苦手と言う猫を時々見かけるのは、往々にして熟成の技術に恵まれなかったまたたびに出会ってしまったからだろう。

そういう奴にこそ、マスターが手がけたこいつを吸って欲しい。

俺は残り少なくなったまたたびを味わいながら、静かに更けていく夜を感じていた。

嫌な予感がした。

その日、妙な胸騒ぎを覚えながら、俺はすっかり馴染みになったルートを足早に歩いていた。このところいい天気が続いているせいか地面は乾ききって埃っぽい匂いがする。汚れたゴミ箱。空の植木鉢。いつもの景色だ。

西日を背中に浴びながら小屋の近くまで来た俺は、ピタリと脚をとめた。微かにだが、ミーミーと鳴き声が聞こえる。ねぐらを覗くと、母猫の姿が見えた。子猫を大事そうに抱えているのはいつものとおりだ。

それでもあれほど激しくガキが鳴く理由はただ一つ——。

「死んじまったか」

母猫は乳を与える格好で横になっていた。けれどもわかる。命は尽きているのだ。ガキがどんなに訴えても、優しい舌で毛繕いをしてやることは二度とないだろう。目の前の骸(むくろ)は、応えてはくれない。

母猫の躰はすでに冷たくなっているはずだ。このままじゃあ、体温が奪われて二匹とも死んじまう。

「仕方ねぇな」

俺は子猫へ近づいていった。少しばかりガキどもを毛繕いし、傷つけないよう慎重に首の後ろを咥える。冷たくなった母猫は、大事な子供を連れていこうとしても反応しなかった。小屋を出る時に、一度だけ振り返る。

俺は決心していた。どうせこのままでも死ぬ。それなら、一か八かあの家——猫の人形を飾っている新しい家の人間に託すしかない。まずは一匹。飼ってくれりゃいいが。

俺は急いだ。すると運の悪いことに、俺の遙か前方を歩く野良猫の姿に気づく。こんな時になんてこった。

脚先が白い黒猫だった。筋肉質の太い脚。横幅も大きく、尻尾も太い。後ろ姿を見ただけでも、その力量はわかる。この状況で喧嘩をしたくない相手だ。

そいつは俺の目指すほうへ向かっていた。あとを尾けてきたなんて因縁をつけられるのも困るが、わざわざ遠回りするのも馬鹿馬鹿しい。俺は追い抜かないように歩いた。そうこうしているうちに目的地が見えてきて妙な胸騒ぎを覚える。ここまでくるとさすがに偶然とは思えない。おそらく、目的地は俺と同じだ。

だが、どうして——。

その時、前を歩く野良猫がピタリと立ちどまった。そして行灯の油を舐めているところを見られた化け猫のように、ゆっくりと振り返った。みぃ〜たぁ〜なぁ〜——そんな言葉を発しそうな目で睨まれ、息を呑む。

新顔だ。しかも、奴は口に子猫を咥えていた。

「ひんはほ。ほはへ、はひはっへんは！」

子猫を咥えたまましゃべったせいで、言葉になっていない。慌てて子猫を地面に置いてもう一度言う。

「新顔。お前、何やってんだ？」

奴も俺が子猫を連れていることに気づき、ガキを下ろして鼻をしかめた。その向こうに見える灯りのついた家を見てから、再び奴に視線を戻す。

「お前、まさか……」

「そのまさかだよ。あの家は俺が見つけたんだ」

こいつも『ＮＮＮ』の活動を秘密裏にしていたなんて、驚きだ。正式に組織されていないため、全国にどの程度の工作員がいるか俺もわかっちゃいなかった。

「残念だったな。他を当たれ」

「うるせぇ、新顔。俺は譲るとは言ってねぇぞ」

「俺が先に決まってるだろう。俺はここが山だった頃からいるんだぞ。ねぐらを失ってから、この辺りをしばらく探してたんだ。お前より先に見つけたのは間違いない」

「じゃあ聞くが、この家に猫好きの人間が越してきたと知ったのはいつだ？」

「お前が先に言え。どうせ後出しジャンケンでもする気だろう」

「そんな汚ぇ真似すると思ってるのか、い、い、い」

「思ってるから言ったんだよ。ちぎれ耳の旦那」

挑発され、ムッとする。

まさかこんなところでやり合うのか。しかも、牝の奪い合いではなく、ガキの飼い主候補を巡ってだなんて笑えない。それでも牡には闘わなければならない時がある。

俺は腹を括った。仕方ない。いずれこいつとは一戦交えることになっただろう。

その時、家の中から猫の声が聞こえてきた。微かな鳴き声と人間の笑い声。

俺たちは子猫を咥えて家の敷地に入ると植え込みの下に隠し、掃き出し窓から中を覗いた。カーテンの隙間から見えるのは、家族団欒を楽しんでいる人間と子猫だ。

『ねぇ、名前なんにしようか？』

『俺はすももがいい。優菜は？』

『パパと同じでいい！』

『駄目よ。子供の頃に飼ってた猫の名前でしょ。別のがいいよね～、猫ちゃん。あ、こらこら。そっちじゃない。おもちゃはこれよ』

『あーっ、優菜がやるの！　優菜の妹だもん！　貸して！』

子猫と人間の子供が猫じゃらしで遊んでいた。新顔が不機嫌そうに吐き捨てる。

「くそ、ペットショップで買ってきやがったか」

「一足遅かったな」

敵対モードだった俺たちは、すっかり毒気を抜かれちまった。

この家に住んでいるのは若い夫婦だ。子供もいる。これからさらにもう二匹——いや、こいつが連れてるのも加えるとあと三匹、飼ってくれる可能性は低いだろう。

「新顔。お前、疫病神だな」

「それはこっちの台詞だ」

どうする。

今はいがみ合っている場合ではなく、行き場を失った子猫三匹を誰に託すか解決しなければならなかった。このまま乳飲み子を抱えて生きていけというのか。子連れ猫だなんて冗談じゃない。

「チッ、仕方がない。ついてこい」

「こんな時に決闘でもやろうってのか？」

「俺がそんな青臭いガキに見えるか？」

植え込みに隠した子猫を咥えて歩き出す奴の後ろ姿を見て、俺も子猫を連れて追いかけた。体温が下がっている。早いとこ保護してもらわないと命が危ない。

奴は古くからある住宅街へ向かった。塀を歩き、道路を渡って年季の入った門扉の間をすり抜ける。目の前に広がったのは芝生の生えた庭だ。犬公の匂いがぷんぷんする。

「おい、お前、どういうつもりだ？」

俺は子猫を芝生の上に置いて抗議した。この家は知っている。俺が見たのは逆側からだが、つまらなそうに寝ている老犬がいる家だった。

新顔は庭を見渡してから空っぽの犬小屋に子猫を入れた。子猫が母親を求めて鳴き始める。すると声に気づいたのか、家の中からワンワンッ、と犬の声が聞こえてきた。興奮しているのは確かだ。あの様子だと、見つけたらすぐに喰っちまいそうだ。

さすがに犬小屋に置き去りにする気にはなれない。

「どういうつもりだ？　デカい老犬がいるじゃねぇか」

「言っとくが、老犬じゃないぞ。結構若い。トレーって名だ」

「名前なんてどうでもいい。まさかここに預けようってんじゃねぇだろうな」

「そのつもりだが……。嫌なら他当たれ。あとで引取先がないって泣きついても知らんぞ」

こいつなりの考えがありそうだった。迷った挙げ句、今はこいつの考えに乗るしかないと子猫を犬小屋の中に置く。もう一匹は安全を確認したあとだ。

「喰いそうになったらすぐに飛び出すからな」

「勝手にしろ」

俺たちは塀に飛び乗り、庭木の陰に隠れて様子を窺った。家の中からは人間の声も聞こえてきて、不安が大きくなっていく。

『どうしたんだ。うるさいぞ。コラッ、静かにしろ』

カーテンが開いて犬公の顔が覗いた。人間が窓を開けると、犬公が身を乗り出して外を見渡す。長い舌をダラリと垂らしていた。

すでに辺りは暗くなっていて、家の灯りを背にしたその姿は見ようによっては猫を喰らう化け物のようにすら見える。

「子猫っ！　子猫の声がした！　子猫の声がしたよっ！」

響く声は、明らかに犬公のものだった。俺が以前見たしょぼくれた老犬と同じ犬とは思えない。キラキラした目と生き生きした声。尻尾も振っているだろう。

子猫の気配に向けられる強い関心が、旨いものを見つけた肉食獣のそれでなければいいのだが……。

「外に子猫がいるっ！　早く外に出してっ！」

『なんだ、トレー。わかったから、玄関開けてやるからちょっと待て』

犬公は人間とともにいったん中に消えると、玄関から飛び出した。そして庭に出てきて駆けずり回る。

あの様子では本当に喰いそうだ。判断を誤ったか――。

「猫っ、猫の匂いっ！　子猫の匂いだっ！」

興奮して庭を走り回る犬公に、俺は血の気が引いた。未熟な母猫が命を懸(か)けて護ったガキだ。くれてやるわけにはいかない。

「おいっ、く、喰うぞ。あいつ絶対喰うぞ！」

「喰うもんか」

「どこがだ！　あの面見ろ！　あれは旨いもん見つけた時の顔じゃねぇか！　狂喜乱舞してやがる！」

俺がどんなに訴えても、新顔は猫相の悪い顔で俺を睨み返すだけだ。歪んだ顎に凶悪さがより際立つ。こいつを信用するんじゃなかったと後悔の念が押し寄せてくるが、奴は落ち着き払ったまま静かにこうつぶやいた。

「ここにはな、猫も一緒に飼われてたんだよ。いい牝だった」


トレーと一緒に暮らしていた猫の名をルナといった。

ラグドールという血統書つきの猫で、トレーがこの家に引き取られた頃はすでに成猫だった。ラグドールは大型の猫だ。牝だったが体重は七キロ近くあり、トレーより一回りほど大きかったという。しかも半外飼いだったおかげで、牝ながらも筋肉質の躰はしっかりしていて子犬がじゃれついた程度ではビクともしない。

トレーが連れてこられた時も、ルナは驚くことなくでんと構えていたという。

『おい、ルナ。新しい家族だ。仲よくやれよ。トレーって名前だ』

その日。ソファーの上でくつろいでいたルナのところへ、コロコロした黒と茶色の毛玉が連れてこられた。生まれて間もない雑種犬だ。普段から無口のルナは、飼い主が抱いているそれをチラリと見ただけで無視を決め込む。

『ちょっと何、お父さん。犬？』

娘が慌てた様子で二階から下りてきた。そして、子犬を見て目を丸くする。

『知り合いのところで生まれたんだ。一匹貰ってきた』

『もー、お父さん。どうして貰ってきたのよ。お母さんにはちゃんと相談したの？　大体、猫には新しい家族はストレスなのに』

『貰い手がなくて困ってたから仕方ないだろ』

悪びれない父親に、娘は頭を抱えていた。これまでに幾度となく、こういうことがあったからだ。父親はいかつい見た目に似合わずお人好しだ。

『またそうやって人の尻拭いをする〜。ルナの様子もちゃんと見ててよ。ルナはお婆ちゃんなんだから、ストレスがかかりすぎると病気になるわよ』

『じゃあもう一つ大きなキャットタワーを買おう。それならいいだろう』

ソファーに下ろされたトレーは、尻尾を振りながらルナのほうに歩いてくる。

「遊んで遊んで〜」

突然現れた同居人にルナは無関心だった。一瞥し、キャットタワーに避難する。

猫は基本的につるむのが嫌いだ。しかも、長年一匹で飼われていたルナが、自分のテリトリーを侵す相手を快く思うはずがない。猫同士ならまだしも、犬ならなおさらだ。

「ねーねー、僕もそこに行きたい！」

トレーは必死で彼女のもとへ行こうとした。ソファーから転げ落ち、キャットタワーの下からルナを見上げる。しかし、よちよち歩きの子犬には無理だった。

ルナは安全なところに横たわると、黙ってトレーを見下ろす。

「遊んで遊んで！　ねぇ、遊んでよ！」

『おい、ルナ。ちょっとは相手してやったらどうだ？』

『もうお父さん、駄目だって。猫は単独行動が好きなんだから、そっとしておいてあげてよ。ねぇ、ルナ』

「ほんとお父さんは困った人ね。わたしは犬なんか嫌いよ」

喉を撫でられ、顎を伸ばして目を閉じる。

猫のことをよく知っている娘のおかげで、それ以上無理強いはされなかった。自分を呼ぶトレーの声に無視を決め込み、いつものように昼寝を始める。

こうしてルナの犬がいる生活が始まった。

それからというもの、トレーはルナを母親のように慕って毎日キャットタワーにチャレンジした。けれどもいつも高いところにいるルナにはまったく届かない。下のほうで悪戦苦闘しているだけだ。それでも食事の時など、一日に数度は床に下り立たないわけにはいかず、そんな時トレーは決まって尻尾を振って近づいてきたという。

「あ、下りてきた！　遊んで遊んで。ママー」

「わたしはママじゃないよ。まったく、犬ってのは本当にうるさいわね」

「ママー、ママー。遊んでー」

来る日も来る日もトレーはルナに向かって尻尾を振った。トイレの最中に一緒に入ってこようとする時もあるのだ。たまったものではない。排泄している横で尻尾をフリフリされる気持ちは、想像しただけで気の毒になる。

そんなある日、ルナは相も変わらずキャットタワーにチャレンジするトレーに声をかけた。無口なルナが自分から話しかけるなど、滅多にない。

小さいが、最初の変化と言える。

「もう諦めなさい。登れるわけないんだから」

「僕もそこに行く！」

「だから無理なんだって」

あの短い脚ではどう考えても不可能だというのに、忠告を無視してなんとかよじ登ろうとする。

「うんしょ、うんしょ。わーっ」

「ほら、言わんこっちゃない」

「わーん、ママ、助けて〜」

コロンとひっくり返ったトレーは、お腹を天井に向けたまま脚をばたつかせた。丸々と太った腹が邪魔で起き上がれない。その様子を眺めていたルナはあざ笑った。

「ちょっと、何やってるの。馬鹿な子ね」

「起きられないよ〜」

よく見ると、段差のところにはまり込んでいる。いつも元気なトレーが、キュンキュンと悲しそうな声をあげ始めると、ルナもさすがに心配になった。

「ふざけてないで早く起きなさい」

「ママー、助けてー」

「ちょっと！　トレーが大変よ！　誰か来て！」

飼い主を呼んだが、こんな時に限って家の者は留守だ。返事はない。

しばらく悪戦苦闘していたが、自力で体勢を整えたトレーが再びキャットタワーにしがみつくのを見て、ルナは安堵した。しかし、同時に諦めの悪さにうんざりもする。

「危ないよ。ここは猫の領域なんだから」

「登れるもん！　うんしょ、うんしょ！」

何度言ってもチャレンジをやめないトレーに、ルナはとうとう根負けした。

餌の時間でもないのにキャットタワーから下りたのは、その日が初めてだった。

西に傾いていた太陽はすっかり姿を隠して、闇が辺りを覆い始めていた。昼間は優しかった風も、今は少しばかりそっけない。しかし同時に、ヒゲの先に感じるそれが俺たちの時間が訪れていることを教えてくれてもいた。

「お前、なんでそんなこと知ってるんだ?」

「ルナに聞いた。半外飼いだったから何度か話したんだよ。鬱陶しい犬だと言いながら嬉しそうでな。よく庭であの犬と一緒に日向ぼっこしてたよ。気候が穏やかだと夜も犬小屋で過ごすことが増えてな」

犬公と仲のいい猫なんて、よほどの変わり者だ。

その時、ワンワンワンッ、とけたたましい犬の声が響いて俺は我に返った。

『どうしたんだ? なんかいるのか?』

人間のオヤジが犬小屋に近づくと、犬公は嬉しそうに尻尾を振り始めた。

「猫っ! 子猫がいるっ! ほら、猫、猫、猫っ! 子猫がいるんだって!」

懸命に訴えている姿を見ながら、新顔が言う。

「ほらな。あいつは大丈夫なんだよ。あいつは猫が好きだ」

確かに、あれは餌を見つけて喜んでいる顔じゃないらしい。それでも長年猫の敵だと思っていた相手を簡単に信じるほど、お猫好しじゃない。

「だがな、あの犬公。俺が話しかけた時は無視したぞ」

「お前みたいな猫相の悪いのには興味ないんだろ？　俺が目の前を通っても興味を示さない。この辺りは野良猫も多いからな。トレーは友達になれる猫とそうでない猫を無意識に嗅ぎ分けてる。相手を選ぶんだよ」

「失敬な」

「まぁ、見てろって」

トレーは行ったり来たりしながら犬小屋に向かって吠え、飛び跳ねては躰を伏せたまま尻尾を振っている。

「早く早くっ！」

『コラ、トレー。黙ってろ。ご近所さんに迷惑だぞ』

飼い主が犬小屋の中に手を突っ込んで子猫を取り出すと、トレーはますます興奮して吠えた。

トレーが来て一ヶ月ほどが過ぎた頃から、ルナに変化が起き始めていた。

はじめこそ鬱陶しく思っていたルナだったが、いつしか自分にまとわりつく子犬をかわいがるようになっていたのだ。毛繕いをしたり添い寝をしたり、気がつけば世話を焼いているといった具合だ。

「ねぇ、遊ぼう遊ぼう」

「うるさい子ね、まったく。ほらこっちに来なさい」

初めて毛繕いをしてやった時、トレーはちぎれんばかりに尻尾を振った。それがすでに避妊手術を終えていたルナの中に残っていた母性本能を刺激したのかもしれない。トレーの毛繕いをしていると、心が落ち着いてくるのだ。

そして、それはトレーも同じだったようだ。人間もかわいがってくれるが、トレーにとって安心できる一番の相手がルナなのは間違いないと飼い主たちも口を揃えた。母親の感触をまだ覚えているうちに出会った、母親のように毛で覆われた相手だ。二匹はいつしか互いにとって必要な存在になっていた。

「ママー。ママー」

「イイ子にしてなさい。顔もちゃんと綺麗にしておかないと」

「遊ぼう、ね！　遊ぼうよ！」

「そうね。いい天気だし、外に行こうかね」

ルナは外に出たいと訴えた。その頃になると庭に出るのはほぼ日課になっていて、掃き出し窓の近くで鳴くと必ず誰かが開けてくれる。

『なんだ、ルナ。外に出るのか？』

「トレーも一緒によ」

「僕も！　僕もお外で遊ぶ！」

『トレーもか？　そうか、天気いいもんなぁ。母さーん、お茶淹れてくれー』

家の中でタバコを吸うのを禁じられていた親父さんは台所に向かって声をかけ、灰皿を持って庭に出た。二匹が遊んでいるのを近くで人間が眺めているのも、すっかり馴染みの光景だ。

掃き出し窓が開けられると、まずトレーが庭に飛び出した。あとからゆっくりと出ていったルナは庭木で爪を研ぎ、芝生の上に横たわって駆け回るトレーを見守る。時にはルナも狩りの真似をして遊び、童心に返った。トレーの世話を焼いていると母親の気持ちになり、遊ぶと子供のように気持ちが若返る。

「見て見てー。あそこに何かいる！」

「狩りならあたしも得意よ。見てな！」

芝生の間で息をひそめているバッタを見つけたルナは一気に飛びかかり、見事仕留めた。

「わー、すごいっすごいっ！　何それ」

「結構旨いんだよ」

得意げに言うと、丸呑みする。

トレーが成長するにつれて二匹の絆(きずな)は強くなっていった。トレーの成長は早く、一回りも二回りも大きくなった。それでも甘えん坊のところは変わらず、遊んではルナに甘えるの繰り返しで、いつもべったりだ。大きな躰を毛繕いするのは大変だったが、それもルナにとっては喜ばしいことだったに違いない。

そして一年後。トレーはルナの三倍ほどの大きさになっていた。

ルナが顔見知りだった新顔に自分の気持ちを吐露(とろ)したのは、その頃だ。

「よぉ、ルナ。めずらしく今日は一匹か？」

その日、新顔はルナに声をかけた。飼い主がトレーを散歩に連れ出していて、ルナは庭に出してあるレジャー用の椅子(いす)の上に寝そべっていた。うたた寝しているのかと思ったが、目は開いていて遠くを見ている。散歩の時も一緒だった二匹が、このところ別行動を取ることに新顔は気づいていた。

「どうした？　浮かない顔だな」

「わたしが死んだあとの、あの子が心配なのよ」

突然口にされた憂鬱に、新顔はルナをじっと見た。トレーと過ごす二度目の秋は、いつにも増して晴天に恵まれていて、晴れ渡った空が生きとし生けるものを優しく見下ろしている。

「わたしはもう長くないんだ。腎臓が悪いんだって」

なるほど、このところあの騒がしい犬と飼い主だけで散歩に出ていたのはそのせいだったのかと納得する。病院通いが続いていたルナが病気を患っていると知った時は、新顔はなんとも言えない気持ちになった。

特別仲がよかったわけではないが、犬と親子のように、そして友達のように接している猫のことは、新顔には不思議で興味深い対象だった。

「あ〜あ。病院ばっかりで、つまんない」

「あの犬はわかってんのか？」

「まだ理解してないだろうね。せめてあの子の前で旅立てばいいんだろうけど」

これが、ルナと交わした最後の言葉だ。忍び寄る死への恐怖はなく、ただトレーを案じる気持ちだけが伝わってきたのだという。

「トレーを残して死にたくなかっただろうな」

新顔の言葉に、俺は犬小屋の前で寝ている犬公の姿を思い出していた。てっきり老犬かと思っていた。それほど打ち沈んでいた。ルナの死は、トレーにとってこれ以上ないほど悲しい出来事だったのだろう。失ったものの大きさが表情に表れていたのだ。

「死んだのはいつだ？」

「この冬だった。頑張ったよあいつは……。急激に悪くなってな。だからトレーもルナの死をなかなか受け入れられなかったんだろう」

ワンワンワンッ、と嬉しそうな声が聞こえてきて、俺はそちらに目を遣った。潑剌とした声は、俺がこれまで聞いた犬公らの声の中では一番弾んでいる気がする。

「今度はあいつが世話を焼く番だ。きっと奴ならできる」

俺はキジトラの母猫が、鳥に襲われて威嚇していた姿を思い出していた。ヨロヨロと歩きながらなんとかねぐらを見つけ、力が尽きるまで子猫に乳を与え続けた。

懸命に護ろうとした小さな命。

母親代わりのルナを失った犬公なら、残された子たちを護ってくれるだろう。あの犬公になら、若い母猫も自分の子を任せていいと言ってくれるに違いない。

「見せて！　ねぇ見せて！」

飛びつきながら訴えるトレーに、飼い主は恐る恐る子猫を見せている。

『トレー、優しくな。優しくするんだぞ』

目の前に差し出されると、トレーは両手に乗った小さな二匹の猫の匂いをクンクン嗅ぎ、大きな舌で舐めた。尻尾はずっと左右に勢いよく振れている。

『お、わかるか？　猫だぞ。お前がこんなに元気なのは久し振りだな』

「猫っ、猫っ。一緒に暮らしたい！」

『ルナがいなくなってキャットタワーを使う奴がいないもんなぁ。こいつら飼うか』

ワンッ、といっそう嬉しそうな声が響くと、家の中から人間の声がして、今度は若い女が出てきた。

『お父さん、さっきからどうしたの？　——わっ。何その小さいの！』

『トレーが見つけたんだ。猫だろこれ。トレーが喜んでる』

『うわぁ、ネズミみたい。まさか飼うの？』

娘のほうは本気かという顔をしていたが、その足元でトレーがお座りをして尻尾をパタパタ振っている。相変わらず犬ってのは、人間に媚びるのが上手い。

『えー、嘘。トレー本気？　いきなり二匹増やすの？』

『ルナが死んでから、ずっと元気がなかっただろう。これは飼ってやらないとトレーがますますしょぼんとするよ。トレーのためだ』

すっかりその気の父親とトレーに彼女は困った顔をしたが、すぐに笑顔になる。

『そうよね。トレーはルナがいなくなってから、元気なかったもんね。お母さんも心配してるし。お母さーん、ちょっと来てー』

さらにもう一人女が出てきた。あいつらの家族だろう。エプロンをした太っちょは子猫を見て笑顔になった。

『やだ、また動物？　どうせ飼うんでしょ。今ならホームセンター開いてるから、お父さん車で猫用ミルク買ってきて。あと、子猫用のカリカリも。とりあえずこの子たち洗っておくわ。トレーもおいで。そろそろご飯よ』

尻尾を振りながら家に入る犬公を見て、俺は安心した。

「もう大丈夫だな」

「一つ貸しだぞ」

「わかってるよ。お前、まさか何度も斡旋してきたのか？」

「気が向いた時だけだ」

「またたびでも奢るよ。その前に用事を済ませる。実はあと一匹いるんだ」

「あと一匹⁉　お前、正気か？」

俺はすぐさま残りの一匹を取りに行った。俺が戻ってきた時には全員が家の中だったが、犬小屋に置くとまた犬公の声が聞こえてくる——まだ他にも猫がいる！

カーテンを掻き分けて出てきた奴の面に、思わず吹き出した。だらしない顔だ。あれならあと一匹くらい任せられるだろう。

「じゃあ行くか」

三匹目が発見される声を背後に聞きながら、熟成したまたたびが待っているマスターの店へと向かった。庭を出る寸前、庭木が目に飛び込んできて脚をとめる。

俺より先に爪を研いだ跡――。あれはルナって猫が残したものに違いない。ルナがここで生きた証しだ。元気のないトレーを見守ってきただろうが、これからは猫三匹と犬公の遊ぶ姿を眺めることになるだろう。

俺は軽く笑い、再び歩き出した。

「それより新顔。ここを知ってるなら、どうして先にこっちに連れてこなかったんだ？」

「正直、トレーが子猫を受け入れるか確信はなかったからな」

「お前っ、あんなに自信たっぷりだったじゃねぇか。ハッタリか。このペテン師が！」

まさか一か八かの賭けだったなんて、とんだギャンブラーだ。

「そう言うな。どっちにしろ俺がいなけりゃ、お前は今頃子連れ猫だったんだからな。感謝しろ。それより、俺はいつまで新顔呼ばわりなんだ？」

確かにそうだと思い、俺は先に名乗ってから奴に名前を聞いた。

「タキシード」

見たまんまのネーミングに、思わず笑う。

「ひねりのない名前だな」

「お前だってちぎれ耳なんて、見たまんまだろう」

「まぁ、猫のネーミングなんて大体そんなもんだよ」

俺は一度だけあの家を振り返った。

犬公なんてうるさいだけの面倒な存在だと思っていたが、見直した。捨てたもんじゃない。世の中には、猫の敵じゃない犬公ってのも存在するのだ。

まぁ、俺は仲よくなりたかないが……。

闇が完全に辺りを包むと、気温がグッと下がった。夜気が鼻鏡を湿らせる。こんな日に火をつけるまたたびは、たっぷりとした煙量の華やかなアロマを堪能できるキューバ産がいい。

今日もＣＩＧＡＲ ＢＡＲ『またたび』で、マスターが時間という魔法にかかった極上の品を用意して待っているだろう。

第二章

◇◇◇◇◇◇◇◇◇◇◇◇◇◇◇◇◇◇◇◇◇◇◇◇◇◇◇◇◇◇◇

# めずらしい猫

◇◇◇◇◇◇◇◇◇◇◇◇◇◇◇◇◇◇◇◇◇◇◇◇◇◇◇◇◇◇◇

猫ブームなんて糞喰らえだ。

俺は公園に集まる人間どもの声を塀の上から聞いていた。この場所は喰い物にありつける確率も高いが、それだけにちょっかいを出されることもしばしばだ。昼寝していようがくつろいでいようが、俺たちに構おうとする。特に今は猫ブームらしく、気軽に猫と交流を持とうなんて輩が増えてきた。

どうせそのうち飽きるんだろう？

猫は気まぐれだが、人間は自分勝手でタチが悪い。己の都合を最優先する。

『ほら、おいでおいで』

塀の上でうつらうつらしていた俺は、若い女の声に目を覚ました。うるさい。少しは黙っていられないのか。

無視を決め込むが、しきりに話しかけられて安眠を手放す。

『こっち向いて〜。猫ちゃ〜ん』

その時、俺はスマートフォンなるものを向けられているのに気づいた。知っている。不快な音を立てるやつだ。掃除機のような大きな音で喚き立てるわけじゃないが、耳障りなことに変わりはない。しかも、執拗に追いかけてきやがる。

カシャ、カシャ、カシャ。

案の定、そいつは身勝手な振る舞いを始めた。ったく、少しはデリカシーってもんを覚えやがれ。

『猫ちゃ〜ん、猫ちゃ〜ん。ほら、おやつあげるよ〜』

そんなもんで俺を好きにしようなんざぁ、百年早いんだ。

俺はうるさく話しかけてくる女を無視して、場所を移動しようと立ち上がった。前脚を伸ばし、尻を突き出して大きな伸びをする。太陽に温められた毛皮はホカホカに仕上がっていて、これ以上ここにいる理由はない。

『待って待って。ほら〜、美味しいよ』

漂う誘惑の香に、俺は思わず脚をとめた。振り返ると、細長いパウチが差し出されている。先端からいい匂いのペーストがトロリと覗いていた。

まずい。これはあれだ。猫を駄目にするペースト状のおやつだ。何度か喰ったことがある。

俺は鼻をピクピク動かした。濃厚な鶏肉の香りが漂っている。

人間に媚は売らねぇ。それが俺の野良猫としての矜持だ。猫ってのは、孤高の存在であるからこそ美しい。俺が心を許す相手は、ちくわをくれた婆ちゃんだけで十分だ。他の人間に心を売るわけにはいかない。

だが――。

俺は匂いに釣られてフラフラと人間のほうへと引き寄せられていた。一口だけならいいじゃないか、なんて気になっている。しかも、鼻先を近づけた瞬間、鼻鏡にペーストをつけられた。舌で舐め取る。旨い。

『や～ん、かわいい～。そのままそのまま』

カシャ、カシャ、と不快な音は鳴り続けているが、そんなものに構っている暇はなかった。ほんの少しだけ味わわされたおやつに、すっかり食欲が刺激されて自分をとめられなくなっている。早くそいつをよこせ。

俺は人間の手目がけて猫パンチを喰らわせた。

『――痛っ！』

地面に落ちたのを見て、すかさず塀から飛び下りる。

『あっ、盗られた！』

俺はパウチを口に咥え、とっととその場をあとにした。ざまぁみろだ。これは貰ったんじゃない。盗ったのだ。つまり、狩りと同じだ。

口の中に広がる鶏肉の味に満足しながら、人間の目の届かない安全な場所を探して身を隠した。ここでゆっくりいただこうじゃないか。

「うんま！　なんだこれは……っ。旨いじゃねぇか」

トロリと出てきたそいつに、俺は虜にされた。前に喰ったのからグレードアップしてやがる。口に広がる鶏肉の味。濃い香り。白身魚の風味もして、俺を至福の時へと誘ってくれる。

くそ、まだ中にたっぷり入ってるってのになかなか出てこない。

俺はアスファルトの上に落ちたそれを前脚で踏み、嚙んでは溢れ出る中身を舐めた。さらに仰向けの状態になって前脚で挟み、夢中でかぶりつく。

「おっさん。何やってるんだ」

オイルだった。俺はだらしなく寝そべったまま、人間から奪った猫用おやつを味わっていた。俺の戦利品をくれてやるわけにはいかない。

「なんか用か？」

「睨むなよ。俺はあっちでたっぷり貰ったから横取りなんかしねーよ」

「フン、人間に食べさせてもらったのか？　どこまで甘えてやがる」

「あんただって貰ってるだろ」

「俺は奪ったんだ。お前らと一緒にするな」

初めてこのおやつに出会った時に尻尾を立ててねだったことは、こいつには内緒だ。さすがにあれは自分でもみっともなかったと思っている。

「ふくめんの奴はまだあっちで媚売ってるぜ？」

見ると、公園の砂場辺りに人間が何人かいて、野良猫が数匹たむろしている。その中にふくめんの姿があった。猫懐っこいひょうきん者は、人間に対しても警戒心が薄い。いつか人間に捕まってキンタマを取られるぞと警告しているが、奴はまったく聞きやしない。

「あんたもただの猫だな」

なんとでも言え。今俺は忙しいんだ。

オイルが見ているのを無視し、人間から奪ったおやつを心ゆくまで堪能した。そして毛繕いを始めるが、口の周りにも肉球にもおやつの匂いは残っている。余韻が抜けない。

「ちぎれ耳さーん」

匂いもようやく薄れてくる頃、ふくめんが人間たちから離れてこちらへ向かってきた。飼い主に尻尾を振る犬公のように俺たちの前にちょこんと座り、前脚を舐め、顔全体、耳の後ろまで丹念に手入れをする。

「美味しかったっすよ～。やっぱりこの季節は公園に人間がいっぱい来るから、いろんなもんが食べられていいっすよね」

「そりゃ猫ブームだからな」

「最近よく写真撮られるもんな」

「俺も撮られたっす。あ、そういえばオイルのこと捜してたっすよ」

「俺をか？　ま、俺みたいな色牡は人間にもモテるからな」

「なんかサビ柄の牡がどうとかって。貴重だって言ってたっす。めずらしいって」

めずらしい猫、か……。

どうせまた人間がロクでもないことを考えているんだろう。

「俺が貴重な猫だと知って少しは見直したか？」

「あほう。人間の価値観を押しつけられてたまるか。貴重ってのはな、いい匂いを漂わせてる成熟した牝のことを言うんだ。ガキをたくさん産んでくれる健康な猫だよ」

馬鹿馬鹿しい……、と俺は自慢げなオイルを一蹴した。牡にとって大事なのは、いかに子孫を残すかだ。

どこからともなく、掃除機の喚き声が聞こえてきた。のどかな昼下がりに、よくあんな音を立てて暴れ回れるもんだ。情緒ってもんがない。

俺は相変わらず騒がしい人間どもの世界に呆れ、その場をあとにした。

今日も、空は青い。

啜(すす)り泣くトランペットが波紋のように店内に広がった。震えるそれは、俺の魂にある種の静謐(せいひつ)さをもたらす。

その日、俺はCIGAR BAR『またたび』のカウンターで極上の一本を堪能していた。手にしたのは『ニャ・ドルセー』。比較的歴史の浅いブランドと言えるだろう。キューバ産の五大ブランドと言えば、『コイーニャ』『ロメオ・ニャ・フリエタ』『ニャンテクリスト』『パルタニャス』『ホヨー・ド・ニャントレー』だ。どれも熟練した技を持つ職人が手がけた逸品揃いで、知識ばかりをため込んだ若造はこれらに手を出したがる。だが、有名どころにこだわらなくたっていい。

『ニャ・ドルセー』は、もともとフランス市場へ向けて作られたまたたびだったが、いつしか世界市場へと解き放たれた。マスターの熟成の技によってさらなる高みに到達した品は、俺たち猫に至福の時間を提供してくれる。

「いいねぇ、マスター。あんたの仕事は最高だよ」

「ありがとうございます。店を守ってきた甲斐があるってもんです」

ふ、と口元を緩め、またたびを咥えた俺はもう一度目を閉じた。

ライトで甘みのある芳香の中に、カツオ節に似たフレーバーが微かに姿をチラつかせている。それは草むらの奥にバッタを見つけた時の、どこかワクワクとした胸の高鳴りを思い起こさせた。吸い進んでいくうちにスパイシーさが加わっていき、目に映るものすべてがめずらしかった頃と違う、一歩大人に近づいたと自負したあの瞬間に俺を戻らせる。

こんな気分を味わうのも、悪くない。

店の隅のボックス席にはタキシードが座っていた。奴がいる景色にも随分と慣れた。子猫斡旋の一件以来、つかず離れず、俺たちは絶妙な距離を保っている。

「今日はオイルさん遅いですね。この前、人間に写真を撮られているのを見ましたよ」

マスターの言葉に、俺はスツール一つ空けた隣に座るふくめんを一瞥した。今日はいつになく静かにまたたびを吸っている。

「マスター。サビ柄の牡って滅多にいないらしいっす」

「ああ、だからですか。女の人が嬉しそうに膝に乗せてましたよ」

「え、膝に？　じゃあオイルは飼い猫になるんっすか？」

不安そうな顔だった。こいつはオイルを親友か何かと思っている節がある。憂い顔を晒していたのはそういうことかと、俺はふくめんの持つ若さに苦笑いした。

「マスターに聞いてわかるわけがねぇだろうが」

「そ、そうっすよね」

ふくめんは前を向いたまま嘆息した。気落ちしているのか、かつてないほどの見事な猫背になってやがる。つらい経験を重ねてこそ、猫は美しいそいつを手に入れられるってもんだ。かわいそうだが、別れもまた猫生と言えるだろう。避けられるものではない。

「オイルが好きか？」

「だって、初めてできた友達だし」

「友達か……」

甘っちょろいことを言うふくめんに笑うが、俺も他猫のことは言えない。こうしてふくめんを心配しているのだから……。

「お前らはタイプが違うよな。いつからつるんでる？」

「そうっすね。やっぱ最初はあれかなぁ」言って、またたびを口の中で転がして紫煙(しえん)を漂わせる。朝靄(あさもや)にも似たそれは、ふくめんの記憶に俺を誘おうとしているようだった。

「変な飼い猫がいたんっすよ」

視界の隅で雑草が風に揺れる中、ふくめんはめずらしい光景を目にしていた。

一匹の白猫が子猫を咥えて歩いている。不審に思ったのは、ここ何日か同じ光景を見たからだった。その日で五回目くらいだったという。

通常、母猫は子猫の安全のために定期的にねぐらを変える。だが、白猫はいつも決まった家の敷地から出てきて、行く先も決まった別の家の敷地なのだ。それが毎日となると何か普通でないことが起きている気がして、ふくめんはいつしかワクワクと心を躍らせるようになっていた。

「……やっぱり今日も運んでる」

ふくめんは草むらの陰からその様子を眺めながら、スパイか何かのようにあとを尾けた。一週間ほど観察して気づいたが、白猫が咥えているのはいつも同じ子猫だ。黒が一匹、茶トラが二匹。あとはキジトラが三匹。

家に侵入するのを確認したふくめんは、猫一匹通れるくらい開けられた掃き出し窓の隙間から中に入ろうかどうしようか迷っていた。あの先に真実が隠されているのだ。知りたい。だが、人間は怖い。だけど知りたい。

好奇心ってのは、厄介だ。

「何してるんだ？」

背後から声をかけられ、ビクッと弾けた。振り返ると、サビ柄の猫がいる。

「えっと……」

「お前、最近この辺よくうろついてんな。何そんなに一所懸命見てるんだよ」

汚れたオイルを被った茶トラのような柄だからオイル――確かそうだったと、ふくめんは思い出した。自動車整備工場の辺りを縄張りにしているのも知っている。

「いつも子猫を運んでる猫がいるんっす」

白猫のほうを視線で指すと、オイルは草むらに身を隠してそちらを見た。瞳孔が糸のように細くなっている。

「あれ、去勢された牡だろ？」

「えっ！」

それまで気づかなかったが、オイルの言うとおり、白猫の尻には微かにキンタマの痕跡(こんせき)があった。つまり、もと牡猫で母猫ではないのだ。

ますます謎は深まるばかりだ。

「すごいっす、すごいっすよ。俺、今まで去勢された牡だって気づかなかったっす」

「観察眼だよ。しっかり状況を見るってのは大事だ。あ、ほら。また出てきたぜ？」

植え込みの間から顔を覗かせた白猫は、一メートルほどの高さのブロック塀から空き地に飛び下り、裏の家へと入っていった。しばらく観察していると別の子猫を咥えてくる。

「裏の家から連れてきてるみたいだな」

「そうなんっすよ。しかも毎日。何してるんっすかね」

「確かめりゃいいじゃねぇか」

なんとオイルは白猫のあとを追って、ブロック塀の下まで歩いていった。

「ま、待ってよ。オイルさん」

「オイルでいいよ」

「行くんっすか？」

「他の猫が入ったんだ。大丈夫だよ。少なくとも殺されたりはしねぇだろ」

確かにそうだが、それまでふくめんは人間の家に入ったことはなかった。興味はあるが、さすがにテリトリーの中にまで入っていこうとは思わない。閉じ込められたらどうしようなんて考えてしまう。

「ほら、お前もついてこいよ。確かめようぜ」

「う、うん」

促されて恐る恐るオイルに続くと、幸い人間の気配はなかった。子猫を咥えた白猫は、部屋の奥の扉の隙間から中へ吸い込まれていった。

「おい、あいつ押し入れの中に入ったぜ？」

「押し入れ？　なんっすかそれ」

「知らないのか？　ふかふかの寝床だよ。狭くて暗くて、快適なんだ」

そんなものがあったとは。ふくめんは驚きだった。いつも寝床の確保には苦労しているだけに、人間が羨ましくなるのだった。

楽しかった記憶を反芻して寂しさを紛らわせるのは、愚か者のやることだ。

俺はふくめんがオイルとの思い出を語るのを、なんとも言えない思いで見ていた。こういうのはよくない。

「なんと！　隣の家で生まれた子猫をさらってかわいがってたんっすよ。乳も出ないのにっすよ？　飼い主が気づいて返しに行くの繰り返しで」

「で、結局白猫の家の子になったのか？」

「いや、それが子猫がデカくなったもんだから、咥えたままじゃあブロック塀に飛び乗れなくなって、最後は空き地に放置っすよ。それで諦めたみたいなんっすけどね」

俺はどう声をかけていいかわからなかった。マスターも少し困っている。

「オイルとは一緒にチキン盗んだこともあるんっすよね～。よくガレージで焼き肉やってる家があるから偵察に行ったら、ちょうど準備中で……隙を見て、くふふふふ」

悪さをした時ってのは楽しいもんだ。特に人間から喰いもんをくすねた時はスカッとした気分になれる。だが、今のふくめんはよくない。それだけは確かだ。

その時、オイルがやってきた。今日はいつもより遅い時間だ。

「オイル！」

「なんだよ、デカい声出すなよ」

オイルはふくめんの隣に腰を下ろした。自分が話題の中心だったなんて知りもせず、ふくめんの関心が自分に向けられていることにも気づかず、ご機嫌な様子だ。

「遅かったっすね」

「まぁな。でも今日の俺はついてるんだ。マスター、支払いはこいつで頼むぜ」

スッとカウンターにそれが出される。

「――っ！」

「そ、それは……っ！」

俺たちは驚きを隠せなかった。ボックス席のタキシードも気になったのか、視線をこちらに向けている。奴がこの住宅街に来たばかりの頃にコテンパンにやられたからか、オイルは聞こえよがしに言った。

「未開封のまま持ってこられるのは、俺くらいのもんだろうな」

それはペースト状のおやつだった。人間はいつもちょっと舐めさせてくれるだけで、全部くれたりしない。いつもチビチビと勿体ぶるのだ。俺ですら開封したのを無理矢理奪うのが関の山だ。そんな貴重な品を、なぜオイルが袋ごと持っているのだろう。未開封の状態なんて、よほど人間と親しくならなければ無理だ。

「釣りはいらねぇよ。その代わりヴィンテージものを吸ってみたい」

大きく出た。こいつ、この若さでヴィンテージものを選ぶとは、なんてこざかしい奴なんだ。

「お出しできるのはございます。少々お待ちを」

面白い、とばかりにマスターが裏のキャビネットに消えた。自分の腕を試すつもりの若造に、またたびオタクの血が騒いだといったところだろうか。挑戦的にヴィンテージものを吸わせろなんて言われたら、唸らせる逸品を提供しなければ気が済まないだろう。

これは見所だ。

俺たちは息を殺して何が出てくるのか、じっと待っていた。

戻ってきたマスターは、静かに、それでいてどこか凄みのある佇まいでオイルに箱入りのまたたびを差し出す。

「『キューバン・ニャビドフ』です。一生に一度出会えるかどうかって品ですよ」

マスターの本気を見た気がして、俺は心の中で独りごちた——キューバン・ニャビドフだと？

青白く光るマスターの目は、光の加減が見せる変化では説明のつかない色だと言っていいだろう。それは、音もなく舞い降りた魔でもあった。

俺はマスターから目を離せなかった。オイルたちも同じらしい。釘づけの視線をなんとか下に移動させ、出された品を全員で注目する。

『キューバン・ニャビドフ』は、一九九一年に廃止されたブランドだ。ドミニカ共和国へ移転したのち、非キューバ産としての道を進むことになる。

つまり、キューバ産のニャビドフは幻と化した。現在は過去に生産されたものが市場に出回るのを待つしかない。貴重なだけに贋作も多く滅多に出会えないが、マスターが仕入れた品だ。偽物であるはずがなかった。

「聞いたことある。へぇ、よくここに置いてたな」

オイルが恐る恐るといった感じで前脚を伸ばした。その表面を撫で、鼻を滑らせて匂いを嗅ぐ。目を細めた。うっとりするあまり、瞬膜で眼球が半分ほど隠れている。

エンボス加工のリング——吸い口の近くをブランドロゴの入った紙で巻いている——は、高級品に似つかわしい落ち着いた光沢を放っていた。まさに本物の証しだ。

オイルは慎重に火をつけた。じっくりと炙って、満遍なく。均一に炙らないと、せっかくの品が台無しになる。キャビネットの中で熟成を続けたまたたびが、ようやくその全貌を見せる時だ。

そいつは、静かに目を覚ました。オイルが口をつけると、眠りから覚めた猛獣がゆっくりと首を振り、空気を含んだたわわな鬣がフサリと広がるように、煙が店内に漂う。

「……すげぇ」

そう一言。それだけでどんなものかわかった。いい顔だ。

「なんだよ、全員で注目しやがって」

「ねぇ、オイル。オイルは飼い猫になるの？」

「なんでそんなこと聞くんだ？」

「だって、めずらしい猫だって写真撮られてたし、猫のおやつも未開封で持ってきて……人間に貰ったんっすよね？　だから……その、飼われるのかなって」

「ま。頼まれたら考えてやってもいいけどな。サビ柄の牡が貴重ってんなら、キンタマ取られねぇだろうし」

なかなか出会えない逸品にオイルはすでに酔っていて、ふくめんの感情を読み取ることはできなかったようだ。うっすらと目を閉じて、心ゆくまで堪能している。

そうだ。キンタマを取られないとわかれば、飼い猫へのハードルはグッと下がる。

俺はふくめんに視線を遣った。

キューバン・ニャビドフの香りが、深い夜に俺たちを誘った。

その日、俺は爺のところにふらりと脚を向けた。

俺が若造だった頃、いろいろと世話してもらった。かなりのイケイケでこの辺りを牛耳っていたが、交通事故で車に轢かれて下半身不随となった。人間に保護され、今は立派な飼い猫として生きている。

網戸の向こうでまどろむ爺を見つけた俺は、足音を忍ばせて近づいていった。しかし、いつものごとく気づかれてしまう。

「なんだ、ちぎれの小僧か」

「起きてたのか」

「今起きたんだよ。お前さんの気配でな」

「ふん、野良の勘は鈍ってねぇようだな」

俺はそう言って三和土（たたき）に寝そべると、肉球の手入れを始めた。

このところ急に暑くなってきて、俺も少々疲れ気味だ。容赦（ようしゃ）なく斬（き）りつけてくる寒さに見舞われる真冬も過酷だが、調子づいた太陽が殴りかかってくる夏場も、毛皮を着た俺たちにとってなかなかつらいもんがある。まだ先のことだと思っていたが、今年は例年になく早く奴が来そうだ。毛繕いをして、体温を下げる。

「なんだ。なんか用があって来たんじゃないのか」

「ん？　まぁな」

爺のいる部屋は太陽のほうに面しているが、掃き出し窓から差し込む光を遮るように人間が布を斜めにした日除けを装着していた。おかげでコンクリートの三和土が日陰になり、ひんやりと心地いい。腹をべったりとつけていると、そこからどんどん体温を吸い取ってくれる。

「オイルって若造がいてな……」

俺は肉球の手入れをしながら話を始めた。常連の若造二匹。うち一匹が、めずらしい猫だってことで、注目している人間がいる。

「なるほど、そのふくめんってのが心配なんだな」

「あいつはガキだからな」

「お前も損な性分だ」

言われるまでもなく自覚している。『NNN』の活動も、この性分のせいだ。ひとたび気になると、どうしても放っておけない。

「なぁ、爺。飼い猫ってのはどんなだ？　天下を取ったようなあんたが人間のもとで暮らすなんて、いまだに不思議な感じがするよ」

「悪かぁない。一度は死んだようなもんだ。わしを助けてくれた人間に報いるのが牡ってもんだろう。義理猫情を忘れちゃおしまいだからな。飼い猫として生きるのは、そういうことだ」

爺なりの信念を貫いているのはわかる。飼い主に甘えていた姿を見たことがあるが、あれも爺なりの愛情の返し方だ。

「なぁ、ちぎれ。わしは楽に生きてると思うか？」

「なんだよ急に……」

その時、遠くから声が近づいてきた。発せられる黄色い声は、何かを喰いながら歩く若い女の二人組のもので、爺の家の前の道路を通り過ぎていく。

『ねー、これクソかわいくない？　めっちゃ欲しいんだけど？』

『瑞樹(みずき)顔ちっちゃ。でもこれ小顔じゃないと無理じゃね？　あんた頭入んの？』

『あー……、無理。瑞樹になりたい～』

『ジャガリカ喰う？』

『いる～』

何がおかしいのか、立ちどまってけたたましく笑った。あいつらは人間の中でも特にうるさい連中だ。せっかくの昼下がりののどかな空気をビリビリに破り捨てていく。通り魔みたいなもんだ。

声が再び移動を始めると、爺は気を取り直したように話を続けた。

「飼い猫の試練は去勢だけじゃあない。楽じゃないぞ。それを教えてやってもいい」

若造だった頃の記憶が蘇る。爺のおかげで俺は何度救われただろう。捕獲器に捕まることもなく、今日まで野良猫として生きてこられたのは爺のおかげだ。

その爺から再び学ぶとは……。

「オイルってのを連れてこい。わしが飼い猫生活ってのを教えてやる」

「あんた、楽しんでねぇか？」

爺の目が輝いているのを、俺は見逃さなかった。不敵に笑う爺からは、退屈を紛らわせるためだという意図も垣間見えた。それでも、爺の話はきっと俺たちの役に立つ。

「まぁいい。明日連れてくるよ」

俺はいったん爺のところをあとにした。そして翌日――。

前の晩にCIGAR BAR『またたび』でオイルたちに会った俺は、夕方頃に集合して爺のもとへ向かった。今日も昨日と同じ格好で寝てやがる。足音を忍ばせたが、やはりすぐに気づかれた。

「集まったか」

一段高い掃き出し窓に爺。下の三和土に俺たち。自然と教えを請う形になっている。

「それでは、飼い猫の苦労がどんなもんか教えてやろう」

オイルは俺たちが何か企んでいると見抜いているようで、少しばかりの警戒心を連れだっていた。爺もそんなことは承知している。

「掃除機だろ。あれは外から聞いてもうるさいもんな」

なんでも知っているような顔で、オイルが口を挟んだ。青いな、と爺が鼻を鳴らす。

「まぁ、掃除機はなんとかなる。気の利く飼い主なら別室へ連れていってくれるし、五体満足なら奴が目を覚ます前に避難すればなんてことはない。気配でわかるからな」

オイルは予想外だったらしく、少し苛立った口調で爺を促した。

「じゃあ、なんだってんだよ」

「まず、定期検診だな」

「定期検診？」

オイルとふくめんは身を乗り出した。初めて聞く言葉に、もう好奇心を刺激されてやがる。目を見開き、爺の言葉を聞き逃さないよう耳をピンと立てていた。

俺たちの魂胆を見抜こうとしていたが、本能には抗えないらしい。

「月に一度、動物病院に連れていかれるんだ。そこではな、白装束の人間たちが待ち構えてるんだよ。診察室ってところに連れ込まれたら、しばらく出てこられない」

爺は鋭い視線で俺たち三匹をゆっくりと撫で回したあと、唸るようにつぶやいた。

「まず、尻に体温計を突っ込まれる」

「なんでまた……」

声をあげたのは、オイルだ。

「体温を測って躰の調子を診るんだ。調子は悪くないってのに、人間にはわからんからな。だから連中はわしらの尻に体温計を突っ込みたがる」

ニヒルな笑みを浮かべたのは、どうにもならないことへの諦めだろう。この爺でも決して避けられない現実。そいつは爺に無力さを抱かせている。

「わしはこんな躰だから痛みこそ感じないが、あれはイカン。あれはプライドも何もない。あれをやられた日にゃあ、もと野良猫だったのが嘘だったんじゃないかって思いたくなるよ。猫格を全否定されるようなもんだ」

飼い猫生活の具体的な話に、いつしか俺も取り込まれていく。思えば、詳しく聞いたことはなかった。餌を貰い、家の中に閉じ込められ、自由を奪われる。そのくらいの認識だった。飼い主によって半外飼いだったりもする。敵と言えば、掃除機くらいだ。

だが、爺の話は俺が想像していたより遙かに過酷だった。

「それから?」

オイルが促した。完全に爺の話の虜だ。

「腹を鷲掴みにされてモミモミされたり、耳や口の中を覗かれたり、とにかく全部見られるんだよ。全部、な……」

ゴクリ、と唾を呑み込んだ。喉が渇いて、知らず知らずのうちに肉球の手入れを始めていた。爺からは目を一切そらさずに……。

「ふふん、驚いたか。だがまだある。ポッチをされるんだよ」

「ポッチってなんだ?」

俺はオイルとふくめんを差し置いて質問していた。

「わしの飼い主がそう言ってるだけで、本当は……なんて名前だったかな。とにかく虫除けの薬を首の後ろに垂らされるんだ。これがまた不快でな」

首の後ろと言えば、俺たちが自分で毛繕いできない場所だ。ガキの頃は母親に舐めてもらったが、今となっては不可能だ。想像してしまい、ゾクッとする。

「それが臭いのなんのって。わしはあの匂いを月に一度、自分の毛皮につけたまま過ごす羽目になる。毛はガビガビになるし、いいことなんか一つもない」

「なんでそんなひどいことするんだよ？」

「予防と言ってた」

虚しさを漂わせながら、爺は記憶を辿るように細目で虚空を眺めた。

「わしが最初にその薬を打たれた時は、うんこと一緒に回虫がたっぷり出てきたよ。死んだ状態でな」

「ひぃぃぃ、怖いっす！ 飼い猫も楽じゃないっす！」

ガクガクと震えながら、ふくめんが言った。声が裏返り、尻尾も少し膨れている。こうなると爺の独壇場だ。

「まぁ～だあるぞ」

「まだあんのかよ」

オイルがうんざりしたような顔で言うが、続きが気になってたまらないのは一目瞭然だった。瞳孔が開いている。

ピチピチピチ、と空の高いところで鳥が鳴いた。

日が陰り、温い風が吹いてきて、何やらおどろおどろしい雰囲気が辺りを包み始める。昼間の熱気が残っているが、忍び寄るのは明らかな闇だ。

「年に一度の予防接種。わしの飼い主は『三種混合ワクチン』と言ってた。こいつも厄介だ。ポッチの比じゃねぇ。躰に針を突き刺されるんだ」

「人間ってのは残酷だな」

どこからか、猫の悲痛な鳴き声が聞こえてきた。耳を立て、声の出所を探す。

「ちょうどいい。あれだよ。あれが動物病院に連れていかれる猫の声だ。聞いたことはあるだろう？」

オイルが若者らしい身軽さで塀に登ると、辺りを見回した。ふくめん、俺と続く。声は比較的新しい家のほうから聞こえてきた。

人間が家から出てくると、よりはっきりとする。恐怖に震えているのがわかった。

「助けてー、助けてー。殺されるー」

人間が持っているキャリーケースの中に、猫がいた。まだ若い猫だ。為す術もなく運ばれている。

『大丈夫よ〜。イイ子だから病院行きましょうね〜』

「やだー、やだー。誰か助けてー。絶対殺されるーっ！」

『おしっこの出が悪いから先生に診てもらおうね〜。帰ったらカツオ節あげるから』

「いやーっ、いやーっ！　白装束のところだけは嫌ぁぁぁあああ——っ！」

必死の訴えも人間には届かず、女はキャリーケースを車に積み込んだあと自分も車中に身を滑らせた。そして、飼い猫を乗せた車は何喰わぬ顔で発車してしまう。

ドキン、ドキン、と心臓が躍っていた。なんて無慈悲なんだ。

まさかこのタイミングで、飼い猫が白装束のもとに連れていかれる場面に遭遇するとは。爺の話はさぞ効果的にオイルに響いただろう。さすがの俺も背中の毛が落ち着かない。

「……行っちゃったっす」

あんなふうに運ばれる飼い猫は何度か見たことがあるが、その先に何が待ち構えているか知ってしまった今、白装束の人間に対する恐怖だけが膨らんでいく。

掃き出し窓まで戻ると、俺たち三匹の様子に爺は得意げな顔をした。

「どうだった？」

「怖かったっす。おしっこの出が悪いだけであんな……。俺もよく出にくくなるっす」

それから俺たちは、さらにおどろおどろしい話を聞かされた。特に血を抜かれる話は、俺にとってもかなり衝撃的で夢に見そうだった。袋につめ込まれて後ろ脚を一本だけ出して、針をぶすっと刺される。さすがに爺が心配になった。

「あんた、大丈夫なのか？　人間のところにいていいのか？」

「健康管理だよ、健康管理。わしが長生きできるよう、管理してくれてる。だが、愛情ってのは時に重く感じるもんだ。わしは旨い飯と心地いい寝床があれば十分なんだが、いつまでも生きて傍にいろなんて無理難題を押しつけてくる」

どこか嬉しそうにしているのは、飼い猫だけが味わえる何かがあるからだろう。白装束の恐怖に耐えた者だけに与えられる特権といったところだろうか。

『ぽたちゃ〜ん、ただいま〜。おやつ買ってきましたよ〜』

「おっと、買い物から帰ってきた。今日はこれで解散だな」

部屋のドアの向こうに人間の気配を感じると、俺たちは宵闇に紛れた。話に夢中で時間を忘れていたが、太陽は完全に寝床に入ってしまったようだ。

「怖かったっすね〜。肝試しには早いっすよ」

オイルが何か言いたげに、ふくめんの横を歩いていた。俺が口を出すことではない。ただ、見守る。

「俺は飼い猫にはなんねぇよ」

「えっ」

「お前、俺が人間に飼われると思ってたんだろ？　ずっと気にしてた。だからおっさんもふくめんを心配して、わざとあの爺の話を聞かせたんだよな？」

かわいくない野郎だ。思わず口元が緩む。

「そうなんっすか、ちぎれ耳さん」

「別に引き留めようってわけじゃなかった。どうするかはお前の自由だしな。だが、爺から飼い猫生活について聞いてから決めても遅くはねぇだろう？」

オイルは、自分が次に何を言うか注目されていることを楽しんでいた。意地悪な顔をし、目を細めながら言い放つ。

「あんな話聞かされなくても、人間には飼われねぇ」

「オイル……ッ」

ふくめんの鼻鏡が真っ赤に紅潮していた。尻尾もピンと立てている。あまりにわかりやすい反応だ。

「よせよ、別にお前のためじゃないからな」

「わかってるよ！　そんなのわかってる！」

よかったな、ふくめん。

嬉しさを隠せないふくめんに、心の中でそう声をかけた。こいつは甘ったれだが、嫌いじゃない。たまには野良猫の世界にこういうのがいたっていい。なんせ野良の世界は自由だからな。

「あー、安心したらまたたびが欲しくなってきたっす。今日は俺の奢(おご)りっすから、またたび吸いに行きましょう」

「ばーか。代金払えんのか？」

「ツケに……」

「他猫に奢るのにツケにするか？」

「すぐ払うっすよ。ねぇ、ちぎれ耳さん。たまには俺に奢らせてくださいよ」

「そうだな。たまにはいいか」

オイルもどこか嬉しそうだ。こいつの鼻鏡の色が黒くなければ、ふくめんのように上気したそれが見られただろう。これで一件落着だ。

しかし、猫生ってのは時に思わぬトラブルに見舞われる。努力ではどうにもならないことってのは、必ず起きる。

ふくめんの奢りでまたたびを堪能した翌日、オイルは店に顔を出さなかった。繁殖の季節だ。てっきり牝の尻でも追いかけているんだろうと、さして気にはしてなかった。

だが、次の日も同じだった。そしてさらに次の日も……。

さすがにここまでくると、楽観できない。

人間には飼われねぇ――そう断言した直後だけに、ふくめんも戸惑いを隠せない様子だった。悪い勘ってのは、当たる。

その真相が明らかになるのは、オイルが姿を消して四日が経ってからだった。

けたたましいカウベルの音が、静寂を蹴散らした。

俺がＣＩＧＡＲ ＢＡＲ『またたび』のいつもの席に座ってすぐのことだ。何を吸おうか迷っているところに、ふくめんは飛び込んできた。鼻鏡が蒼白だ。

「大変っす！　オイルが……っ」

「どうした？」

「オイルが神社の鳥居の上に……っ」

呆然と佇んだまま、ふくめんはそう言った。

「どういうことだ？」

聞くと、オイルが急に姿を消すのはおかしいと思い、自分のテリトリーから大きく外れて捜し回ったのだという。見つけたのは、ついさっきだ。

「マスター、ちょっと行ってくる。今日は戻らないかもしれねぇ」

「はい。店が終わったら自分も駆けつけます。神社の場所ならわかりますし」

俺はふくめんとそこに急ぎながら、事情を聞いた。暗い道路を渡り、住宅の塀を延々と歩く。

「犬に追いかけられたんっすよ。だから驚いて神社の木に登って枝の先端まで行ってしまったそうっす」

なるほど、俺も似た経験はたくさんしてきた。

そのまま木にしがみついてりゃなんとかなったはずだ。へっぴり腰でも爪さえ引っかかれば下まで下りられる。だが、しなった枝の先にいたオイルは、鳥居の上に落ちちまったんだ。

しかも、その鳥居はピカピカに磨かれた石造りだ。高さは二階建ての家よりある。下はコンクリートで目の前が道路だ。

いい匂いのする一画——飲食店が並んでいるところを抜けて奥に入っていくと、鳥居が見えてきた。さらに急ぐが、人間の声が聞こえてきて脚をとめる。

「俺が見た時は誰もいなかったっす」

懐中電灯を持った人間が、鳥居の上を照らしていた。オイルの姿が闇に浮かぶ。

『ほら、猫よ猫。二、三日前からいるのよ』

『ほんとだ～、どうしよう。あんな高いところに届くハシゴなんてないし』

『救助隊みたいなの頼む？　テレビでやってるでしょ。あれってどこに連絡してるのかしら。市役所かな？　消防？』

中年の女二人は、オイルをなんとか助けようと口々にアイデアを出し合っていた。せめて水が飲めればいいが、昨日も一昨日も快晴だった。あの上はさぞ暑かっただろう。

『とりあえず旦那呼んでくる』

『そうね、お願い。わたし救助してくれるところ探すから』

一人が消えると、もう一人は自分の顔をスマーフォンで照らした。ぶつぶつ言いながら指でそれを何度も撫でている。険しい表情だ。

『この時間は無理か～。猫ちゃ～ん、大丈夫だからね～。助けてあげるからね～』

オイルは無言だった。疲れているのか、それとも人間に見つかって諦めちまったのか、ほとんど動かない。

俺たちは鳥居の近くの植え込みに身を潜ませた。ゆっくりと蹲り、香箱を組む。

「オイル！」

思いつめたようにふくめんが声をかけると、僅かにこっちを向いた。俺たちに気づいたようだが、声を出す元気もないらしい。鳴き声を返してくれるでもなく、また動かなくなった。

『水戸さーん、旦那連れてきたー。猫まだいる〜？』

『いるいる。ほとんど動かないけど。あ、こんばんは〜。すみませ〜ん、こんな時間に来ていただいて』

『いえいえ、どうせテレビ観てただけですから。あー、あれですか。かなり高さがありますよね。神社の人には話したんですか？　管理事務所に誰かいるといいけど』

夜だってのに、一人、また一人と人間が集まってきて、あっという間に人だかりができた。あれでは近づけない。ここは人間に期待するしかなかった。

ふくめんと二匹、息を殺して様子を窺っていると鼻鏡に何かが落ちてくる。雨だ。

「ちぎれ耳さん、どうしましょう」

「そんな顔するな。むしろよかった。水が飲める」

「そ、そうっすね」

毛皮は濡れちまうが、今の季節なら凍えて死ぬようなことはない。俺たちは植え込みの中に隠れたまま、さらに待った。子供連れも来て、お祭り騒ぎとなる。

マスターが駆けつけてきた。

「あれですか？」

「なんだマスターか。店はどうした？」

「オイルさんが心配で早仕舞いですよ。相当な高さですね」

マスターは上を見ながら、俺たちの横に蹲って香箱を組んだ。長丁場になりそうだ。

騒ぎはさらに大きくなってかなりの数の人間が集まったが、具体的に何かするでもなく、時間だけが過ぎていく。そのうち夜の救助は無理だと判断され、明日また改めてと誰かが言い出した。それでも残っている人間がいたため、さらに待つ。

ようやく静けさが戻ってきたのは、俺たち猫がねぐらに帰る時間になってからだ。

「おーい、オイル。大丈夫かー」

人間がいないのを確認して声をかけたが、やはり返事はない。俺は鳥居の上に迫り出した木の枝に飛び移れないか提案した。だが、完全に無視だ。

「自分でできそうなことは、全部したみたいっす」

俺はため息をついた。猫は高いところから飛び下りられるが、限界はある。鳥居やその周辺の状況から、落ちれば大きなダメージを受けるとわかる。

「明日にでもあんこ婆さんに知恵を借りるか……」

「帰るんっすか?」

ふくめんは心配そうだが、なんの役にも立たない俺たちがここでオイルを心配しても無意味だ。マスターも俺に賛成だと言ったからか、ふくめんも納得した。

鳥居の上の猫の影は、丸くなって動かないままだ。

「また来るからな。気落ちすんなよ。希望を捨てるな」

そう言い残して踵(きびす)を返すと、微かにオイルの声が聞こえてきた——誰がだよ。

まだ生意気を言う体力は残っているらしい。それなら今日明日死ぬようなことにはならないだろう。雨も少し降った。腹は減っているだろうが、人間がどうにかしようと動き始めたのだ。きっと助かる。

「聞いたよ。面倒なことになってるんだって?」

翌日、あんこ婆さんのところに脚を運んだ俺を迎えたのは、そんな一言だった。頼ってくるとわかっていたのか、婆さんはウッドデッキの上で俺を待っていた。会うなり、オイルが地元の人間の間で噂されていると教えてくれる。

「あたしの飼い主も昨日からその話ばかりだよ。なんせ猫好きだから心配なのさ。そういう人間が集まって知恵を出し合ってるよ。レスキュー隊も呼んだんだって」

「それなら俺の出る幕じゃねぇな」

話のとおりなら、いずれオイルは救出されるだろう。慌てることはないと、俺はウッドデッキに腰を下ろして毛繕いを始めた。今日も暑い。

あんこ婆さんの飼い主が、箒とちりとりを持って玄関から出てきた。アスファルトを箒で擦る音がシャッシャと聞こえてくる。

「サビ柄の牡はめずらしいってんで、それでも話題になってるよ」

「人間ってのは特別なもんに興味を示すらしいな」

「あたしだって特別だよ。人間には見えないだけで二本目の尻尾が生えてきてるんだからね。サビ柄の牡なんか比べものになりゃしない」

「なんだ、オイルと張り合うなんてあんたらしくねぇな」

「そんなんじゃないよ。あたしは尻尾がこんなになるまでもなく、特別だしね。たった一匹の特別な猫だっていつも言われてる」

俺は白装束のところへ連れていかれる爺の話を思い出していた。あんこ婆さんも爺も、飼い主にとって特別な存在なのは間違いなく、幸せそうだ。

『あら奥さん、いつもお掃除偉いわね～。うちも綺麗にしとかなきゃ。はい、回覧板』

『あらどうも～』

人間の声が聞こえてきて、俺は耳をそちらに向けた。

『ところであの猫助かった？』

『まだ鳥居の上らしいわ。千香（ちか）が夜遅く見に行ったけど、難しいみたい』

『千香ちゃん、猫大好きだもんね～』

『出勤前も様子を見てくるって早めに出たのよ。なんだかね、サビ柄の牡猫って三毛の牡くらいめずらしいんだって。変な人が目をつけないかって心配してるわ』

『あらそうなの。あんこちゃんは牝だっけ？』

『そう、牝なの。普通よ、普通。どこにでもいるフツーの猫よ』

普通を連呼して笑っているが、あんこ婆さんは嬉しそうだ。俺は毛繕いをやめて、やおら立ち上がった。

「ちょっと行ってくる」

「ああ、見てきな。最後になるかもしれないからね」

「どういうことだ？」

「人間に助けられたら飼われる可能性が高い。挨拶（あいさつ）くらいしてくるんだね」

オイルは人間には飼われないと断言した。あれは嘘ではないだろう。だが、気持ちは常に変化する。保護されて大事にされれば、オイルの野郎も心変わりするかもしれない。

「確かにあんたの言うとおりだな」

そう言い残し、ひとまず様子を見に行ってみることにする。

途中、発情した牝と遭遇し声をかけたが、あっさり断られた。この辺りでは見かけない牝がちょっかいを出してきたからだ。フラれたのは何も俺に魅力がないからではない。血が濃くならないよう、他から来た猫がいると本能的にそっちを選ぶようにできている。新入りがモテるのは、猫界の常識だ。

神社に到着すると、ふくめんが昨日と同じ場所から様子を窺っているのが見えた。

「あ、ちぎれ耳さん」

「どんな様子だ」

「上手くいかないっす」

ふくめんの話によると、鳥居の一部に布をかけて自力で下りてもらう作戦は失敗したようだ。準備してきた布に警戒したオイルが落ちそうになったため、断念したという。

「見てたけどびっくりしたっすよ。あれで落ちたら大怪我したかも」

「交通量が多い道路だからな。下で受けとめるにしても、危険はある」

その時、人間の悲鳴が聞こえた。

『駄目駄目、落ちるって！』

『慎重にね！　焦らないほうがいい！』

レスキュー隊とやらが、ハシゴの先端にいてオイルに手を伸ばしていた。後退り。鳥居の端に追いつめられる。袋を被せようとしているらしいが、あれじゃあ駄目だ。

キャーッ、と悲鳴が聞こえる。

オイルの躰が宙に躍り出た。見事なジャンプ。だが、躰はすぐに落下する。運良く下に敷いていたマットの上に着地した。そのまま勢いよく走り出す。

「あっちっす！」

オイルは神社の奥へと向かった。しかし、脚に怪我をしているようだ。あの走り方は普通じゃない。俺たちが追いかけていくと、オイルは木陰に蹲っていた。やっぱり怪我だ。興奮していて、背中の毛も尻尾の毛も逆立っている。

「大丈夫か、オイル」

「……うるせぇ」

オイルはとげとげしい空気を纏っていた。俺たちを見てもすぐに警戒を解かない。

「怪我してるんだろう」

猫の骨折はめずらしくない。軽ければ自然治癒するが、楽観できる状況ではないらしい。

オイルを捜す人間の声が近づいてきた。

「ねぇ、オイル。飼い猫になったほうがいいっすよ」

その言葉をふくめんが放ったことに、俺は驚いた。飼い猫にならないというオイルの言葉を一番喜んでいたのは、他の誰でもない、ふくめんだ。

こいつに任せることにする。

「ゴメン、オイル。俺、寂しかったからオイルに飼い猫になって欲しくなかったっす。最初に友達になったのはオイルだし。でもそんなの牡じゃない」

「……なんだよそれ」

「仲間の幸せを願うのが、真の牡っすよ」

オイルの脚の状態が悪いのは、ふくめんも気づいている。人間の手を借りて治療しなければ餌を獲るのにも苦労する。そうなりゃ寿命もぐんと短くなるだろう。繁殖だってできるかどうか……。

『どこに行ったのかな？　猫ちゃ～ん。出ておいで～』

『怪我してましたよね。変な走り方だったし、骨折してたかも』

『どこかで動けなくなってないといいけど』

人間の会話は、純粋にオイルを心配する内容だった。めずらしい猫かどうかなんてことは口にしていない。

「保護してもらえ」

俺はトドメを刺した。

何日も餌を喰わず、水さえ飲んでいないオイルの体力は限界のはずだ。衰弱している。

「なんだよ、俺に飼い猫になれってのか？」

「大丈夫だよ。お前はサビ柄の牡だ。キンタマは温存される。だろ？」

「ちぎれ耳さんの言うとおりっすよ。オイルなら飼い猫になれるっす。白装束の恐怖だって乗り越えられるっす」

「白装束が怖いなんて誰が言った？　そんなもん屁でもねぇよ」

「だったら、保護してもらうべきっす」

オイルを捜す人間の声がさらに近づいてきた。物陰を覗いたり植え込みを搔き分けたり、かなりしつこい。これ以上、ここに留まるわけにはいかない。

「オイルならきっとかわいがってもらえるっすよ」

「何勝手なこと……」

「――それじゃあ元気で、オイル」

ふくめんは蹲ったままのオイルに、鼻の挨拶をした。こいつが他猫の言葉を遮って強引に話を終わらせるなんて、めずらしい。オイルが応じる。腹を括ったのだろう。それならと、俺も鼻先を奴に近づけた。微かに触れた冷たい鼻鏡。

「あばよ、オイル」

「ああ」

また一つ。さよならだ。

歳を取ったせいか、今までなんともなかった別れが身に染みるようになった。

飼い猫になったオイルをからかいに行ってやってもいいが、この周辺で飼われるとは限らない。遠くに貰われていくなら、二度と会えないだろう。なんせサビ柄の牡は引く手あまただからな。

「行くぞ、ふくめん」

俺はいつまでも立ち去れないでいるふくめんを促した。人間の女たちはすぐそこだ。

『あ、あそこにいた！』

俺たちは走り出した。人間の女たちが猫撫で声でオイルに話しかけるのを背後に聞きながら、自分たちの住み慣れた住宅街へと急ぐ。俺もふくめんも振り返らなかった。俺が振り返ると、こいつも同じことをする。人間に連れていかれるオイルの姿を見た日には、きっと泣く。

見慣れた風景が見えてきて、俺たちは脚を緩めた。

「『NNN』の活動も、段々規模を縮小っすね」

ふくめんは笑っているが、寂しさは隠しきれていない。オイルとよく『NNN』の今後について話していたのだ。暗躍するなんて言葉に胸を躍らせていた。一番の同志がいなくなったのだから当然だ。

「平気か？」
「大丈夫っす。仲間の幸せを望んでこその牡っす」
「猫が『仲間』なんて口にするな」
「すみません。でも、俺……オイルは仲間だと思ってます。ちぎれ耳さんのことだって、マスターのことだって……っ」

言葉をつまらせるふくめんに俺は何も言ってやれなかった。言葉ってのは時に無力だ。

気温が上がってきて、まぶしさに目を細める。最後に見たオイルの姿がどこか寂しそうだと感じたのは、気のせいだろう。今日も暑くなりそうだ。

青い空を切るように、白い飛行機雲が浮かんでいた。

オイルとの別れから、三週間ほどが過ぎていた。

ＣＩＧＡＲ ＢＡＲ『またたび』は今日も静かな夜を俺たちに提供してくれる。そろそろ奴のいない日々にも慣れつつあり、俺は今日の一本を何にするかで迷っていた。『コイーニャ』という気分だが、『ネコニダ』も捨てがたい。先日試した『ニャン・クリストバル・デ・ラ・ハバナ』という比較的新しいブランドも悪くはなかった。

「だけど本当に飼い猫になったんですね。いいお客さんがいなくなるのは寂しいです」

「マスターは居合わせなかったからな」

「まぁ、ちょっと……めずらしいまたたびが手に入りそうだったんで。まさか飼い猫の道を選ぶとは思ってなくて。挨拶くらいはしたかったですよ」

その時、元気のないカウベルが来客を知らせた。このところ毎日同じ音を響かせて入ってくるのは、紛れもなく猫らしくない猫――猫懐っこいあいつだ。

「こんばんはっす」

ふくめんはしけた面でスツールに座ると、カウンターに前脚を置いた。見事な猫背はますます哀愁を漂わせている。

「マスター。俺、今日はあんまり持ってないっす」

「いいですよ。ツケときましょう」

今日は夕方まで雨が降ったため、餌を獲る時間は限られていた。俺も今日の支払いはしみったれたもんだった。たまにはこういうこともある。駄目な時は駄目だと、諦めるのも大事だ。無理に抗うと、悪運は俺たちの脚にしっかりと絡んでさらに深い奈落へと引きずり込もうとする。

「なんにしようかな。……はぁ」

横でため息を何度もつかれると、辛気臭くて敵わない。いい加減にオイルとの別れを克服して欲しいもんだ。そう口にしようとした瞬間。またカウベルが鳴った。ボックス席が空いてるのを見て、当たりをつける。そろそろタキシードが来る時間だ。

しかし、俺の耳に飛び込んできたのは意外な奴の名前だった。

「オ、オイル！」

ふくめんの言葉に、俺は弾かれたように振り返った。まさか寂しすぎて幻覚でも見てるんじゃないかと思ったが、俺の目にも奴の姿が映っている。

ただし、フリルで縁取られた水玉模様のよだれかけをつけてはいたが……。

「オイル、お前なんでまた……」

オイルがカウンター席に近づいてくると、俺は思わず奴の尻を覗き見た。キンタマの確認だ。ある。しかも、ちゃんと二つ揃っていた。

「去勢されてねぇよ」

不機嫌そうに吐き捨てるオイルは、いつもの席に腰を下ろす。

「怪我は……」

「ああ、もう治ったよ」

「この近くの人に飼われたんっすか？　半外飼い？」

「違うよ。逃げてきたんだよ。ったく、やっぱり飼い猫なんてゴメンだ」

「飼い主にかわいがられなかったのか？」

「かわいがられる？　あれは拷問だ」

オイルの話によると、保護されたあと人間が里親探しをしてくれたため飼い主はすぐに決まったのだという。飯もトイレもちゃんと準備されていた。キャットタワーもだ。だが、毎日カシャカシャと不快な音を立てて写真を撮られる。時にはかぶり物を頭に装着させられることもあった。また、キャリーケースに入れられてどこかへ連れていかれたかと思えば、何人もの人間に囲まれて、そこでも写真を撮られる。

「取材だってよ。キンタマまで写真に収めようとするんだ。テレビの取材ってのもあったな。くそ、なんだよこれ。取れねぇんだ」

フリルで縁取られたよだれかけは、首輪についていた。必死で取ろうとしているが、上手くいかずすぐに諦める。何度も試したらしい。

うんざりして目つきが悪くなったオイルと胸元のかわいらしい装飾があまりにも似つかわしくなく、俺は思わず吹き出した。

「し、白装束のところには連れていかれなかったんすか？」

「連れていかれたよ」

「じゃ、じゃあ……尻に体温計……、――ぅ……っ」

前脚で額を押さえ込まれたふくめんは、動きをとめられた。それ以上言うなよ……、という視線でふくめんを見ながら、ゆっくりと前脚を離す。

「今日は俺が奢ってやる。マスター、これで全員にまたたびを頼むぜ」

「――ぉおっ！」

「す、すごいっす！」

全員が目を瞠った。これは猫を駄目にするペースト状のおやつだ。しかも、今度は未開封の状態で三本も持ってきやがった。

「お前、どんだけ贅沢してきた？」

「飯だけはさすがに捨てがたかったぜ。あんな贅沢三昧は、もう味わえねぇだろうな」

よく見ると、心なしかオイルの腹回りに贅肉がついている気がする。筋肉も落ちているだろう。たった三週間だが、誇り高き野良猫の牙を抜くには十分だったはずだ。それでも、オイルは戻ってきた。一度ぬるま湯に浸かりながらも、野良の道を選んだ。

フリフリの飾りを身につけて……。

「お前は飼い猫になるタマじゃなかったな」

どんな猫生を送るかは、自分次第。

その夜、俺たちはオイルの野良猫復帰を極上のまたたびで祝った。

# 第三章

◇◇◇◇◇◇◇◇◇◇◇◇◇◇◇◇◇◇◇◇◇◇◇◇◇◇◇◇◇◇◇◇◇◇

## あんこ婆さん

◇◇◇◇◇◇◇◇◇◇◇◇◇◇◇◇◇◇◇◇◇◇◇◇◇◇◇◇◇◇◇◇◇◇

あんこ婆さんが死んだ。

この界隈で生きる野良猫にとって驚くべきニュースが飛び込んできたのは、三日前のことだ。まさかあのあんこ婆さんが……、と誰もが口を揃えたのは言うまでもない。

猫又になりかけの婆さんは、俺たち野良猫の尊敬を集めるほど博識でいつもでんと構えていた。困った時のあんこ婆さんと思っている猫も多く、俺もよく頼ったものだ。去年住宅街を去った片目の一件でも、世話になった。

二本目の尻尾は一本目と見分けがつかないくらいはっきりしてきて、猫又になるのも時間の問題だと思われていただけに、婆さんの死はあまりにショッキングだった。

「ちぎれ耳の旦那。平気ですか？」

「ああ、とりあえずはな……。だが、この歳になると別れが身に染みるよ」

俺は『またたび』のカウンター席で、あんこ婆さんを偲んでまたたびを燻らせていた。

今日の一本は『ニャン・ルイ・レイ』。五大ブランドからは外れるが、隠れた名品なのは間違いない。

吸い始めは樹木独特の香ばしさが口に広がり、木陰でうとうとするような優しさが俺をその世界に誘ってくれる。吸い進んでいくと、いつしか深い森へ踏み入ったように、豊かな大自然と何百年と生きてきた古木の静けさを舌で感じさせてくれるのだ。そして終盤に差しかかる頃には旨味が加わっていき、溢れ出る樹液のような甘みとそれだけでは終わらせない微かなほろ苦さが、舌を刺激してくれる。

なんとも言えない味わいに、俺はあんこ婆さんの姿を重ねていた。

「本当に死んじゃったんっすかね」

白樫の木から落ちるどんぐりのように、ポツリとふくめんが寂しさを零す。こいつの鼻鏡がこんなに落ち着いているなんて、めずらしい。興奮すると赤く紅潮するその鼻鏡は、白に近い薄桃色になっていた。俺自身、この事実をどう受けとめていいかわからないのだ。かける言葉が見つからなかった。上手く処理できない。

ふくめんの向こうのオイルは言葉すら発しなかった。神妙な面持ちでカウンター席に座っているところを見ると、奴も婆さんの死を簡単に受け入れられないようだ。いまだ外せないでいるフリフリのよだれかけが能天気に見え、それだけに虚しさを感じた。

『ニューヨークのため息』と言われるジャズシンガーのもの悲しい歌声に抱かれながら、喪失感とともにまたたびを味わう。

「マスター。曲、替えてくれ」

「もっと景気がいいのにしますか？」

「そうだな。頼む」

そう言った時、ドアのカウベルが来客を知らせた。そちらを見て目を見開いたマスターに何事かと思い、振り返る。瞬間、目に飛び込んできたものに息を呑んだ。

「──っ！」

「どうしたんだよ、おっさ……」

オイルも振り返るなり固まった。ボックス席のタキシードが、俺たちの異変に気づいて目を遣る。特に反応がないのは、奴にとってこれが初顔合わせだからだろう。だが、普通の客ではないことはわかったようだ。黙って成り行きを眺めている。

「ぁあっ！」

ふくめんが気づいて裏返った声をあげた。

入ってきた客は、皆の視線を一身に集めたまま舐めるように店内を見渡す。まん丸に開いた瞳孔は、まさに行きどまりのない洞窟だ。尻尾の先を刷毛で撫でていくような、悪戯な風に出会った気分になった。

今日は一見の客が多いせいか、ボックス席は埋まっている。空いているのはカウンター席だけだ。

「ここ、いいかい？」

「は、はい」

マスターの声が震えている。

「あ、あ、あ、あ、あ、あんこ婆さん！」

ふくめんの素っ頓狂な声が店内に響いた。視界の隅で、タキシードが「へぇ」という顔をしたのが確認できる。俺たちがしみったれた顔でまたたびを味わっていた理由を、聞こえてくる会話の中から拾ったらしい。

俺とふくめんの間の席にあんこ婆さんが座ると、ふくめんはスツールから転がり落ちそうになりながらオイルのほうへ躰を寄せた。

「ゆゆゆ幽霊っ！　にゃっ、にゃんまんだ〜にゃんまんだ〜っ！」

あんこ婆さんは腰を抜かさんばかりのふくめんに冷めた視線を送ったあと、馬鹿馬鹿しいとばかりに鼻で嗤い、後ろ脚をぶらぶら揺らした。

「大の牡が何びびってんだい。ほら見な。あたしゃ幽霊じゃないよ」

確かに脚はある。尻尾を見ると、根本から二股に分かれていた。ということは死んだのではなく、猫又になったってことなのだろうか。

「あんこ婆さん。あんた、死んだって聞いたぞ」

「そうなんだよ。一度は死んだはずなんだよ」

「じゃ、じゃあやっぱり幽霊ってことっすか？」

ふくめんが背中の毛をツンと立てて言う。尻尾も少しばかり膨れていた。

「いや、多分違うね。あたしは幽霊じゃない。脚もあるし、こうしてあんたたちからも見えるし会話もできるだろ？」

「ってことは猫又か？」

「おそらくね。ただ、人間には見えないし触れないんだよ。飼い主はあたしが死んだと思ってる。火葬場に連れていかれたしね。焼かれる前に目を覚ましてね、柩っての？　あれに入れられてたんだけど、スッと通り抜けて外に出たんだよ。そしたらこんな具合さね」

どういうことだ――俺は鼻鏡をしかめた。さっぱりわけがわからない。

「騒ぐんじゃないよ。とりあえず、またたびの一本でも貰うかね。うちからカリカリを持ってきた。支払いはこいつでいいのかい？」

あんこ婆さんの言葉に、マスターが緊張気味に背中を丸めた。

「はい。何にしましょう」

「あいにくあたしは粉のまたたびしか知らないんだよ。ずっと飼い猫だったからね。いいのあるかい？」

素直に教えを請うなんてさすがだ。こういった店に来たからにはと、格好をつける輩も多い。俺も初めて来た時は鼻息を荒くしたもんだ。知らないことを知らないと言える奴ってのは、案外少ない。しかも、猫又になるかどうかで注目されるほど歳を喰った老猫だ。若造の前ではなおさら格好悪いところは見せたくないだろう。

俺はあんこ婆さんに対する尊敬の念を、より強くした。

「じゃあ、そいつを頼むよ」

婆さんが選んだのは、王道中の王道。キューバ産の『コイーニャ』だった。俺が一番よく吸うまたたびでもある。それが出てくるとさっそく表面のゴツゴツを肉球で楽しみ、鼻を滑らせるように匂いを嗅ぐ。

教えずとも楽しみ方を心得ているところも、あんこ婆さんならではだろう。

「う〜ん、これだけでもいい香りがするよ。あんたの腕は一流のようだね、マスター」

「ありがとうございます。ご自分でカットしていただくことになりますが、火のつけかたはご存じですか？」

「いいや。ちぎれの小僧、やってくれるかい？」

マスターに『頼みます』と目配せされ、俺は身を乗り出した。

「いいか。まずは専用のカッターで吸い口を作る」

まさか俺があんこ婆さんに教えることがあるなんて……、と妙な気分になりながらも、手順やコツをつぶさに伝える。カットしたあとは満遍なく火をつけるだけだが、ここでもあんこ婆さんは他の猫には見られない落ち着きと貫禄を俺に見せてくれた。

焦らず、じっくり。いい香りが立ち上ってきても慌てず、完全に火がつくのを待っていた。漂うまたたびの香りに我慢できず、ここでつい貪ってしまうのが初心者だが、婆さんはもう何年も通いつめた常連のようにシガー・マッチの炎を眺めていた。

ようやくまたたびが目を覚ますと、口をつけ、目を閉じて舌で十分に煙を転がしたあとゆらりと紫煙を燻らせた。

「ん～、マスター。あんたいい仕事するね」

「恐縮です」

誰もが注目していた。次にどんな言葉を発するのか興味津々なのだ。視線を感じたのだろう。あんこ婆さんは不敵に笑い、ペロリと鼻鏡を舐めた。

「そんなに凝視されちゃあ、敵わないねぇ。知りたいことがあるんだろ。またたびもいい具合に火がついたことだし、じっくり話をしてやろうかねぇ」

「あんたが死んだって俺たちが聞いたのは三日前だ。その間何してた?」

俺は思わず先陣を切って質問していた。若いね、と目で笑われる。

「それがだよ……」

あんこ婆さん曰く、はじめは自分でも何が起きたのかわからなかったらしく、飼い主とともに火葬場をあとにしたのだという。無事帰宅したが、どんなに声をかけても膝に乗っても飼い主は気づかない。自分は触れている感覚もあるし、声も聞ける。けれども一方通行なのだ。三日間家にいて、それがどう足掻いても逃れられぬ現実だと思い知った。

そして、もう一つ気がついたことがある。

「腹が減らない?」

「そうなんだよ。ちっともね」

「そいつはいいな。冬場は楽じゃねぇか」

「よっ、妖力は使えるんすか！」

その存在に慣れたふくめんが、持ち前の猫懐(ねこなつ)っこさを爆発させた。目をキラキラ輝かせ、鼻鏡を紅潮させて質問する。

「使えないね」

「そっかぁ。見てみたかったんっすけど」

「残念がるんじゃないよ。あたしゃまだ猫又としては新米だ。いずれ使えるようになるかもしれない。それに妖力なんかなくたって知恵はある。そこの首輪つけたの。オイルって名だったかい？」

オイルはなぜ自分が呼ばれたのか驚いた様子で、後ろに反り返るようにしてふくめんの向こうから婆さんに顔を見せた。

「なんだよ」

「かわいい首輪じゃないか。気に入ってんのかい？」

「ハッ、冗談だろ」

「取ってやろうか？」

オイルは一瞬信じられないという顔をしたが、すぐにまたたびを灰皿に置いてスツールから下りる。そして、首を差し出して素直に頭を下げた。

「頼むぜ、婆さん」

「えっ、なんだって？」

「あ、あんこ姉さん。お願いします」

イイ子だね……、とばかりに目を細めると、あんこ婆さんはオイルの首輪の後ろに前脚を伸ばした。ちょうど毛繕いしても届かないところだ。

「このホックってのを取ればいいんだよ」

言うが早いか、パチンと音を立ててオイルのフリフリのよだれかけは首輪とともに床に落ちた。それを見たオイルは目を丸くしている。首回りの毛は割れて首輪の跡がしっかりとついていた。

「助かったぜ。こいつが邪魔だったんだ」

オイルは席に戻るとまたたびを一口吸い、スツールに座ったまま後ろ脚で首輪のあった場所を掻いた。目を閉じ、うっとりしている。

「オイルさん、カウンター席では控えてください」

「おっと、悪ぃ」

毛がカウンターに飛び散っていた。慌てて脚を下ろしたオイルだが、ご機嫌な様子だ。

「どんなにもがいても取れなかったってのに、あんたすげぇな」

「そうでもないさ。だけど慣れないうちからこんなものを装着させるなんて、自分勝手な人間もいるもんだね。あの子の爪の垢でも煎じて飲ませてやりたいよ」

「あんたは首輪つけられなかったのか?」

「あたしゃ断ったからね。窮屈なのはゴメンさ。鈴がついてるのもあるし。人間にとっては小さな音でも、あたしらにとっては騒音だよ。胸元で鳴るんだから」

あんこ婆さんの飼い主はよほどかわいがっていたらしい。言葉の端々からそれが伝わってくる。

その日、店はいつになく盛り上がった。

猫又という未知の存在に対する興味が飛び交い、妖力が使えるようになったらまず何をしたらいいかなんて、ふくめんが勝手に胸を躍らせる。あんこ婆さんも若い連中に囲まれて楽しそうだった。ビッグバンドの軽快なサウンドが、それを後押しする。

だが、飼い主から注がれた愛情について自慢げに語る時だけは、婆さんの横顔には楽しさ以外のものも浮かんでいた。

翌日、俺はあんこ婆さんの家に行った。

本来この季節はいつもあんこ婆さんがウッドデッキで昼寝をしている姿が見られたはずだ。今日はそれほど日差しが強くなく、ぽかぽかしてちょうどいい気温だった。

見慣れた三毛猫の後ろ姿が見え、なんとも言えない気持ちになった。座っているのは、塀の上だ。俺は顔を洗い始めた。前脚を舐め、耳の後ろから顔全体の毛を整えたあと隣に飛び乗る。

「あんこ婆さん、何してる？」

「なんだい、ちぎれかい」

婆さんは前を見たまま、俺に一瞥（いちべつ）すらくれずそう言った。視線の先に目を遣ると、いつも婆さんがいた場所に女が座っている。横に座布団を置き、手を添えているのだ。まるでなくした何かを捜すように触れている。彼女が何を考えているのか、誰を想っているのか、想像できた。

「あれがあんたの飼い主か」

「そう。普段は仕事に行ってるんだけど今日は休みみたいだね。ずっとあそこにいる」

太陽は呑気（のんき）だっていうのに、女の表情は悲しみに満ちていた。泣いたのか、目が腫（は）れている。

「ペットロスって知ってるかい？」

「なんだそりゃ」

「溺愛(できあい)するあまり、ペットが死んだ時に飼い主も心が病気になるんだよ」

「あれがそうか?」

「あんなに悲しい顔をしてるのは見たことがないねぇ。あたしはここにいるってのに、どうして人間には見えないんだろうね」

あんこ婆さんもそのペットロスなのかもしれない。そう言うと嗤われた。

「馬鹿だね。ペットロスってのは人間がなるんだよ」

家の奥から微(かす)かにテレビの音が聞こえる。日常があげる声は変わらないのに、あんこ婆さんはそこから弾き出された。確かにここにいるのに、戻れない。そんなもどかしさを、気配から感じ取った。

「なんだい、黙りこくって」

「いや……なんだ、別に……なんでもねぇ」

「同情してくれてるんだろう? あたしにとって、ここは安心できる家だったんだから」

めずらしく弱気に聞こえるのは、気のせいだろうか。

「帰ればいい。どうせ人間にはわからないんだろう?」

「それも一つの手だけど、あの子のあんな顔をずっと見ているのはつらいのさ」

この家に住むのは両親と娘の三人で、あんこ婆さんを一番かわいがっていたのは一人娘の千香(ちか)だという。子供の頃に拾われてきて、一緒に成長した。彼女は当時七歳。生まれて間もないあんこ婆さんを救ったのは母親だったが、世話をするのはもっぱら千香の役目だった。

「あたしは目が開く前に庭にいたんだって。もしかしたら、あんたみたいなお節介が斡旋(あっせん)してくれたのかもねぇ」

「『NN』の都市伝説は随分前から人間の間で噂(うわさ)されてるらしいからな。少なくとも先達がいたのは確かだ」

「拾われた日のことはさすがに覚えちゃいないが、あの子から何度も聞かされたから、自分が覚えているみたいにその時の情景が浮かぶのさ。物心つく頃には、あの子があたしの母親だった。すぐに追いついて、妹みたいになっちまったけどね。今はかわいい孫みたいなもんさ」

懐かしそうに細められた視線の先にあるのは、優しい思い出だろう。二十年以上生きてきた婆さんが心を許した相手だ。自分の存在を伝えたいだろうに、届かない想いは婆さんの中に静かに沈殿していく。

「あの子があんなに泣くのは、久し振りに見たよ。もうすっかり大人だってのに……」

婆さんは、俺に彼女との思い出を語り始めた。

あんこ婆さんが拾われたのは、へその緒（お）も取れていない生後三日ほどのことだった。咲き始めた木蓮（もくれん）の株元で、一匹だけで鳴いていたのだという。

『ねぇ、千香ちゃん。子猫よ！　子猫っ！　ほら、見て！』

最初に発見したのは母親で、千香はまだベッドの中だった。朝が苦手な彼女が、手のひらに収まる小さな生き物を見て飛び起きたことは、今でも家族の間でよく語られる。

『うわ、かわいい！』

『庭で拾ったのよ』

『ネズミみたい。本当に猫？』

『そうよ。猫よ。まだ耳が立ってないから、この子は生まれて一週間も経ってないんじゃないかしら。触ってみる？』

あまりに小さな存在に、彼女は恐る恐る両手で器の形を作った。ふわふわの毛玉をそっと渡されると、壊さないよう優しく頬擦（ほおず）りする。

『あったか～い。ねぇ、ママ。この猫飼っていい？』

『いいわよ。ずっと猫を飼いたいって言ってたもんね。ちゃんとお世話するのよ』

『うん！　私が名前つける』

『もちろんよ。何にするの？』

『あんこちゃん！』

『あら、古風な名前』

こうしてあんこ婆さんは名前を貰った。

子供だった千香は、母親とともにあんこ婆さんの世話をした。ミルクを与えたり、自力で排泄できないためティッシュで尻を刺激して排尿・排便の手伝いをしたり。夜は枕元に籠（かご）を置き、その中にタオルを敷いて一緒に寝た。

いつも撫でてくれ、優しい言葉をかけてくれる。離乳食になってからは、猫缶とミルクを混ぜるのは千香の役目だった。

『あんこちゃんは、あたしの妹よ』

一番古い記憶は、千香と遊ぶようになった頃のものだ。飛んだり跳ねたり。千香が演出するネズミのおもちゃの動きは、子供だったあんこ婆さんを夢中にさせた。小刻みに尻を動かすネズミは本物と見まがうほどで、飛びかかった瞬間、ぴょーんとジャンプして前脚の間をすり抜ける。

だが、いつも逃げられるわけではなかった。タイミングよく飛びかかるとちゃんと捕まえられる。その成功体験は自信に繋（つな）がり、あんこ婆さんは遊ぶのが大好きになった。千香が学校に行っている間は、彼女の動かすおもちゃに勝るものはないと退屈した。

春夏秋冬。時間はあっという間に過ぎた。

特に猫は最初の一年の成長が人間に比べるとずっと早く、人間の年齢に換算して十八歳くらいになる。拾われた翌年の春には、千香のお姉さんという気持ちだった。千香のほうも成長し、人間の友達と遊ぶ機会が増えてきたが、それでも絆が薄れることはなかった。夕方には必ず帰ってきて一緒に遊び、一緒に寝る。

彼女の脚の間の窪みが、あんこ婆さんのベッドだった。

いつしか千香は小学五年生になり、林間学校の時期がやってきた。彼女にとって、初めての外泊。それはあんこ婆さんにとっても同じだ。

『あんこちゃん。千香はね、林間学校なの』

その日、夕飯の時間になってもテーブルに千香の姿はなく、いつもご飯をくれる彼女の代わりに母親がカリカリの入った器を持ってきてくれた。それでようやく今日は帰ってこないんだとわかる。

夜が更け、ベッドに上がっても寝るのにちょうどいい窪みはなく、平らだった。それでも布団には微かに千香の匂いが残っていて、彼女がいなくてもいつもの場所で丸くなって寝た。

翌日、帰ってきた千香がその話を母親から聞かされた時、嬉しさのあまり涙を浮かべながらギュッと抱き締めてきたことも忘れない。

『あんこちゃん、もう絶対置いていかないからね！』

『何言ってるの。修学旅行もあるのよ』

『連れていく!』

『猫を連れていく人がどこにいるの? 今からそんなことじゃ駄目じゃない、大丈夫。あんこちゃんはお留守番できるもんね~』

撫でられて返事をしたが、本当はずっと家にいて欲しかった。千香が好きだった。猫はうるさいのが苦手で気分屋だと、母親に教えられた千香の気遣いのおかげでもある。

千香が中学に上がって部活に入ってからも、絆はより深くなるばかりだった。受験の時は、夜遅くまで机に向かっている千香を見守った。本棚の上でうとうとしながら早くベッドに入らないかと待っている時間も、いいものだったという。

時々伸びてくる手が自分の躰を優しく撫で回した時は、必ず喉を鳴らした。

あんこ婆さんは、ウッドデッキでぼんやりしている彼女を見ていた。

「大学ってところに行くようになっても、会社ってところに通うようになっても、ずっと変わらず大事にしてくれたよ。彼氏を連れてきた時はどうなるんだろうと思ったけど、猫好きの男でね。猫じゃらしの使い方がなってない不器用な男でさ。でも、悪い奴じゃなかった。今も時々あいつの匂いをつけて帰ってくるよ」

気温が上がってきた。太陽が空の高いところへ向かい、氾濫(はんらん)する光の中に優しい思い出が溶けていく。それを眺めるあんこ婆さんの想いはどこへ行くのだろう。

飼い猫になったことのない俺に、わかるはずがない。

「毎日だよ。毎日『大好き』って声をかけてくるんだ」

風が完全にやんだ。揺れていた雑草もカツラの木も婆さんの話に耳を傾けている。捨てられた古いバケツの水に浮かんだ孑孑（ぼうふら）だけが、忙しなく動いていた。

「肉球マッサージも気持ちよくってね。知ってるかい？　肉球マッサージ」

俺は黙っていたが、あんこ婆さんの口からは千香への想いが次々と溢れてくる。

「この辺りにツボってのがあって、刺激すると健康になるんだって」

俺は自分の前脚の肉球を見た。手入れをする時、よく汚れがついている。前歯でこそぎ取って毛繕いするが、健康になっているかどうかはわからない。

「あとはやっぱり背中のマッサージだよ。肩甲骨の周りを指でなぞって、背中の筋肉をほぐしてもらう。あれはたまらないんだ」

撫でられた経験はあるが、マッサージなんてものを受けたことがない俺には、よくわからない感覚だった。日向ぼっこをするのとも違う。毛繕いでもない。人間だからこそできる猫への奉仕。そんなにいいものなのか。

「『大好き』って言葉が『長生きしてね』になったのは、いつ頃からだったかねぇ。毎日あたしを撫でながら『ずっと傍にいてね』『ずっと元気でいてね』って言うんだよ」

毎日のようにかけられる言葉が、いかに大事だったか――。

愛情を表現する言葉は、いつしか切実な願いになった。

「だから、あの子が死ぬまで傍にいたくなったのさ」

「二本目の尻尾は、あんたの強い願いによって出現したのかもしんねぇな」

「猫又の兆候が出てきた時は、喜んだもんさ。これでずっとあの子の傍にいられるってね。それなのに、うっかり体調を崩しちまって」

強い願いも虚しく、あんこ婆さんは死んだ。死んで蘇ったのか、実は死んでいなくて猫又になって人間には触れられなくなったのかわからないが、少なくとも千香にとって、あんこ婆さんの死は現実なのだ。二本目の尻尾が生えてくるほどの強い想いすら、一人と一匹の別れは避けられなかった。現実ってのは愛想がない。

「どうして……こんなことになっちまったんだろうね」

嚙み締めるように絞り出された声からは、悔しさが滲んでいた。揃えた前脚に力が籠められているのがわかる。

「……決めた」

低く、ボソリとつぶやかれた声に全身がぶるぶるっと震え、毛が逆立った。

「決めたんだよ！　あの子のために子猫を斡旋する！」

その気迫に圧倒された。悔しさは一転して、漲る気力へと変わっている。あんこ婆さんを突き動かしているのは深い愛情だ。

「『NNN』の出番だよ。ちぎれ、あんた活動してるんだろ？　あたしは今回限りだけど、子猫を斡旋する。あたしと同じ三毛猫の子猫を探してあの子に届けるんだ。そうしたら、きっと元気になる！」

「三毛猫の子猫を探すって」

「なんか文句あるのかい？」

「いや、別に……」

俺は言葉を濁した。あるなんて言ったら、目力だけで殺されそうだ。


空き地に集められたのは、俺とマスター、オイルとふくめん、情報屋だった。情報屋は久々に店に現れたタイミングで捕まり、渋々顔を出したといった具合だ。タキシードにはマスターが声をかけたらしいが、姿はない。無愛想な奴だ。

あんこ婆さんは一段高いブロック塀の上に立ち、俺たちがその前に横一列に並んで座っている。夜の集会でもあるまいし、猫がこんなところに集まっていたら人間に何を言われるかわからない。だが、ここは素直に従ったほうがいい。

「いいかい、今こそあたしのために働く時が来たよ！」

あんこ婆さんの演説が始まると、巻き込まれた感のある情報屋が俺に耳打ちした。

「三毛の子猫を探せって……少々難題すぎるのでは……」

そう言いたくなるのも当然だった。縞三毛はよくいるが、あんこ婆さんのように三色きっちり色が分かれたのはあまり見ない。しかも、親を失うか捨てられるかして行き場を失った子猫だという条件つきだ。無理に親から奪えば、猫さらいになってしまう。俺はそんな卑劣な犯罪に手を染めるつもりはない。

野良猫にだって、越えてはいけない一線ってのはある。

「なんだい、そこ！　文句があるのかい！」

「いえ、ないです」

情報屋はシュンとなり、口を噤んだ。

「あんたら、生前は少なからずあたしの知恵を借りたことがあるだろう？」

「生前って……やっぱり死んだんっすか？」

「言葉のあやだよ。牡が細かいこと言うんじゃないよ」

叱られたふくめんがイカ耳になった。それとは逆に、オイルは耳をピンと立てる。

「首輪を外してもらった借りは返すぜ」

めずらしく協力的だ。こいつの性格からすると、借りっぱなしでは据わりが悪いのだろう。格好つけたがりの若造だ。

「あの子のためにも、あたしと同じ柄の子猫を斡旋するよ！　行きな、野郎ども！」

俺たちは一斉にちりぢりになった。しばらく行って脚をとめ、後ろを振り返って婆さんから見えていないか確認する。やれやれ……、と嘆息すると、俺は日当たりのいい場所を探した。

せっかくの天気だ。毛皮を天日干ししてからでも遅くはない。その場に座り、股間周辺の毛繕いを始めた。

出産ラッシュだったついこの前までは斡旋先が足りず苦労していたのに、今度は斡旋するために子猫を探しているなんて皮肉なものだ。

「おい」

その時声をかけられ、俺は顔を上げた。タキシードだった。ふてぶてしい顔で俺を見ている。どこか嗤っているように見えるのは気のせいだろうか。

「面倒なことに巻き込まれたな」

「お前も協力しろ」

「婆さんの我が儘につき合ってられるか。ま。せいぜい頑張れよ」

それだけ言い残して、奴は姿を消した。わざわざ声をかけるなんて、からかいに来たとしか思えない。

「くそ、タキシードの奴め……」

俺は立ち上がってゆっくりと歩き出した。まずは情報だ。

昼寝中の猫を見つけ、声をかける。不発。次を探した。また不発。それを何度か繰り返しているうち、途方もないことをしているという自覚が湧いてくる。それでも根気強く続けていると、ラッキーな情報が飛び込んでくるものだ。

「子供に三毛がいるかどうか知らないけど、この辺りで乳のデカい母猫がいますよ」

「子育て中か」

「そうみたいです。頻繁に見るから巣穴は近くだと……」

「ありがとな」

通りすがりの白黒に礼を言い、野良猫がねぐらにしそうな場所を探してみる。そう簡単に人間に託すとは思えないが、話してみる価値はある。

古びた家の物置小屋の扉が少しだけ開いているのを見て、俺はその中を覗いた。子猫の声が微かに聞こえる。母猫の姿はないが、子猫が五匹団子になっていた。全員ぐっすり寝ているところをみると、腹いっぱいミルクを飲んだのだろう。健康そうな子猫だが、残念ながら三毛はいない。

「そう上手くいくわきゃねぇな」

期待していた自分の甘さを嗤う。戻ろうとしたが、ものすごい殺気を背後に感じた。

「ちょっと！　うちの子に何すんのよっ！」

「おわ！　ご、誤解だ！　俺は別に……っ」

「何が誤解よ！　他猫の寝床を勝手に覗いて！」

「だから誤解……っ、――あいてーっ！」

鋭い爪が俺の鼻鏡を掠った。シャーッ、と威嚇される。さらに高速猫パンチ。きつく目を閉じて収まるのを待ち、一瞬の隙をついて牝の横をすり抜けて出口へ向かう。

「――ぎゃ……っ！」

尻に走る痛みに、目を見開いた。この牝、あろうことか背後から俺に攻撃してきやがったのだ。

「今度近づいたら承知しないからねっ！」

追いかけてくる罵声に、俺は命からがら物置小屋から退散した。ちょっと覗いただけだってのに、子持ちの牝ってのは気が立っていけない。もう少し寛容さってのを身につけて欲しいもんだ。

「ふーっ。恐ろしい牝だったな」

引っかかれたところがヒリヒリする。尻にも本気でかぶりつきやがった。相手が牡ならいくらでも相手になってやるが、牝相手に前脚を上げないのが俺の主義だ。紳士を貫くのも、楽じゃない。

それからも、俺は脚が棒になるまで子猫を探し続けた。聞き込みもやった。猫がねぐらにしそうなところは覗いて回った。だが、親を失った三毛の子猫なんてどこにもいない。

途中オイルとばったり会い、情報交換する。

「どうだ？」

「さっぱりだ。条件が厳しいぜ。成猫なら見つかりそうだけど。あんたのほうは？」

「こっちもだな。捨て猫の情報もなかった」

「そりゃそうだろ。タイミングよく三毛の捨て猫がいてたまるかよ」

借りを返すというオイルのやる気は、この陽気で蒸発してしまったらしい。

俺たちは日陰を探して休憩した。そもそも太陽が昇っている間、猫は昼寝をしている。猫は『寝る子』から『寝子』、そして『猫』と呼ばれるようになったのだ。昼寝をしない猫なんて猫じゃない。

「あー、いい天気だよな」

「そうだな。一年中こんな気候だと助かるんだがな」

うつらうつら。二匹で船を漕ぐ。うつらうつら。気持ちがいい。時折吹くそよ風が、俺たちをより優しく眠りに誘ってくれる。

「ちょっとあんたら！　何やってんだいっ！」

突然あんこ婆さんの声が飛びかかってきて、俺たちは「ギャッ」とばかりに弾けた。全力疾走。空き地の塀に飛び乗ったところで振り返る。

「なんだよ、脅かすなよ。ちょっと休憩してただけだろ？」

「オイルの言うとおりだ。心臓がとまるかと思ったぞ」

猫は大きな音に弱いのだ。いきなり頭上から怒鳴(どな)られては、たまったものではない。背中の毛がツンと立っているのが自分でもわかった。オイルなんかは、尻尾がぷーっと膨らんでいる。

あんこ婆さんが塀に飛び乗ってくるのを見ながら、俺たちは自分を落ち着かせるために毛繕いを始めた。まだ心臓がドキドキしてやがる。

「サボってんじゃないよ」

「休憩の何がいけないんだよ。猫使いの荒い婆(ばばあ)だな。――あいてっ！」

オイルが猫パンチを喰らう。

「あんたのかわいいよだれかけつきの首輪を外してやったのは、誰だと思ってるんだい」

「わっ、わかったよ！」

オイルはそう言うと、塀を下りて走っていった。残された俺は毛繕いを再開するが、視線が痛い。

「そんな目で見るなって。行ってくりゃいいんだろうが」

「わかりゃいいんだよ」

それから俺は子猫を探しては昼寝をし、起きてはまた子猫を探すを繰り返した。しかし結局その日は見つからず、いつもより少し早い時間に『またたび』に向かう。昼寝の時間を削っただけに、眠くていけない。俺は欠伸をしながら店のドアを開けた。

「いらっしゃ……、ああ。ちぎれ耳の旦那。お疲れ様です」

「マスター……今日はツケでいいか？」

「もちろんです」

わかっていたとばかりの返事だ。ありがたい。

一日中子猫探しで疲れた俺は、カウンター席にへばりつくように座った。腹も減っている。自慢の猫背だが、今日はあまり他猫には見せられない。マスターも疲れを隠せない様子でカウンターの中に立っている。

「さすがにピンポイントで三毛の子猫なんていませんね」

「無茶振りする婆さんだよ、ったく」

不満を口にした途端、店のドアが開いた。あんこ婆さんだ。オイル、ふくめん、情報屋が続けて入ってくる。あんこ婆さんと情報屋はボックス席だ。

「なんだい、ちぎれ。もうギブアップかい？」

「そう簡単に見つかるか。そもそも猫又のあんたと違って、こっちは体力にも限界があるんだ。見ろ、こいつらだってクタクタだ」

オイルとふくめんが疲れた様子でカウンター席に座り、背中を丸める。

「マスター。申し訳ないんっすけど、俺たち支払いは……」

「わかってますよ。今日は皆さんお疲れでしょうから、そのつもりでした」

「なんだ、おっさんも今日はツケかよ」

「まったく、若いのにだらしがないね。しっかりしな。カリカリでいいなら、あたしがまとめて払うよ」

あんこ婆さんは立ち上がり、香ばしい匂いの猫用ご飯をカウンターに置いた。マスターが前脚を伸ばそうとし、「おや？」とばかりに鼻をクンクンさせる。

「こいつのよさがわかるのかい？　カリカリの中でも高級だよ。外は歯応えがあって、中にはとろっとしたのが入ってて、噛むとチキンの風味が広がるんだ」

ゴクリ。

俺たちは唾を呑み込んだ。どうやら腹を空かせているのは俺だけじゃないらしい。涎（よだれ）を垂らしながらカリカリに注目する俺たちを見て、マスターが気を利かせてくれる。

「やっぱりツケときますか？　これは皆さんで分けてください」

「い、いいんっすか？」

マスターが頷くと、ふくめんはおずおずとあんこ婆さんを見る。

「マスターがいいって言うんなら、あたしが拒否することじゃない。ふくめん、ずるしないで平等に分けるんだよ。マスターにもね」

「もちろんっす！」

ふくめんは一粒ずつ五箇所にカリカリを置き、二周目、三周目と足していった。きっちり分けられなかったが、そこは俺とマスターが大人の余裕を見せる。

「遠慮なくいただくぞ。しかし、なんであんたがこんなもん持ってるんだ？」

「あの子はいまだにあたしのためにご飯を用意してくれるんだ。いつもの場所にね。そこからくすねてきたんだよ」

「じゃあ、あんたが生きてるって気づくんじゃねぇか？」

「野良猫が入り込んで食べてってると思ってるよ。でも、餌がなくなってるのを見て嬉しそうにするんだ。あんこちゃんがまだ生きてるみたいな気分だってね。あたしは傍にいるのに、おかしな話さ」

その話から、彼女があんこ婆さんの死をいまだ受け入れられずにいるとわかった。そして婆さんも……。

お相伴に与(あずか)ったカリカリは、予想外の旨さだった。

ボックス席は常連たちで埋まっていた。

今日はマスターが早めに店を閉めたため、店内に残っているのは俺とオイル、ふくめん、あんこ婆さん、情報屋だ。俺とあんこ婆さんがカウンター席に座り、ボックス席を眺めていた。

若い連中は疲れて眠っている。情報屋なんかは、白目を剥いてだらしなく開いた口から舌がべろんと出ていた。オイルはぷぅ、ぷぅ、といびきをかいている。オイルの腹を枕にして、ふくめんも口を開けて寝ていた。マスターがボックス席の灰皿を片づけ始める。

「マスター、もう帰るんならこいつら起こすが……」

「いえ、まだいてくださって構いませんよ。オイルさんたちももう少し寝かせておきましょう。自分も裏で少し仮眠を取ります。何か吸いますか？」

「ちぎれ、つき合っておくれよ。奢るからさ」

本日二本目のまたたびに誘われ、俺は素直に頷いた。レディの誘いを断るわけにはいかない。

「軽めのでいいのあるかい？」

そのリクエストにマスターが選んだのは『ニャ・ドルセー』。フランス市場をターゲットにしたまたたびだ。同じものを注文する。

ついこの前まで粉のまたたびしか吸ったことがないと言っていた婆さんだが、今はすっかりさまになっていた。キャッツ・アイにカットしたあと、シガー・マッチでじっくりと炙る。春の訪れとともに一斉に咲き乱れる花々のように、華やかな香りが広がった。

ひっそりとした店内で燻らせるには少々気取っているが、悪くない。

「まったく、若いのにだらしないねぇ」

あんこ婆さんは、ボックス席の眺めをつまみにまたたびを味わい始めた。死屍累々(ししるいるい)といったところで、特に情報屋の寝顔のひどさは店の雰囲気をぶち壊すレベルだ。

「あんたにしてはめずらしいじゃねぇか」

「何がだい？」

「若い連中を顎でこき使うなんて強引な真似、あんたはしないと思ってたよ」

俺の言葉に、ふ、と口元を緩めた。そして、床をじっと見つめる。

微かに潤んでいる瞳は汲んだばかりのバケツの水のように澄んでいるが、そこに映っているのは晴れ渡った空ではなく、ぼんやりとした灯り(あか)と哀愁を帯びた闇だ。言葉なく、だが寄り添うように広がっている。

「悪いと思ってるよ。あたしの我が儘だからね」

「だから餌も持ってきたのか？」

「まぁね。置き餌が減ったら、あの子がますます想いを断ちきれなくなるってのもわかってるんだけどね」

「そこまで必死なのは、どうしてだ？」

聞いていいものか迷ったが、あんこ婆さんを駆り立てる何かってやつに興味を持っちまった。我が儘を通してでも願いを叶えたいのには、おそらく理由がある。

「あたしはね、入院中に死んだんだ。それがあの子を追いつめてるのさ」

ほろ苦い想いを紫煙で包みながら、あんこ婆さんは自分の気持ちを吐露した。


高齢猫の死因で多いのが、腎不全だ。もともと猫ってのは腎臓の機能が人間に比べて劣っている。

あんこ婆さんが急性腎不全になった原因はわかっておらず、白装束のところへ連れていかれた時は随分と状態は悪かった。それでも懸命な治療のおかげで持ち直し、千香が撫でると顔を上げられるくらいには回復した。

『先生、あんこちゃんは大丈夫ですか？』

『ひとまず落ち着いてます。点滴も打ったので。あとは猫ちゃんの体力次第です。高齢なので楽観はできません』

『あんこちゃん、ごめんね。もっと気をつければよかった』

『猫は我慢する動物ですから、飼い主さんでもなかなか具合が悪いことに気づかない場合が多いんです。しばらく入院されたほうがいいとは思いますが、どうしますか？　あんこちゃんは病院が苦手ですからね』

猫によっては動物病院に連れてこられるだけでも、大きなストレスになる。特にあんこ婆さんは診察台に乗せられただけで緊張で大量に毛が抜けるのだ。

『あんこちゃん、どうする？　おうちに帰りたい？』

このまま入院させるか、それとも連れて帰るか、選択しなければならない。

千香が迷っているのは、あんこ婆さんも感じていた。入院するのが一番安全だとわかっている。獣医は病気や怪我の専門家だ。何かあった時にすぐに処置できる。ケージには呼吸が楽にできるような装置もついていて、温度の管理なども徹底している。

それでも決断できないのは、自分が動物病院に置き去りにしたと、あんこ婆さんに思われるのが嫌なのだろう。そして、慣れない場所に閉じ込められるより飼い主の傍にいたいと猫が望んでいるかもしれない。それなら、入院をさせるのは飼い主のエゴだ。

人はそんなふうに迷うらしい。

『今日は他に患者さんはいないので、もう少し考えられてもいいですよ』

『はい。すみません』

獣医が診察室から出ていくと、このまま入院させるべきか住み慣れた家に連れ帰って傍に置くか、彼女はしばらく悩んでいた。

『まだ一緒にいたい。あんこちゃんも、諦めてないよね?』

「大丈夫だよ。あたしはわかってる。ここに置き去りにするんじゃないって……治療のためだってわかってるから」

声を出すのもつらい状態だが、それでもあんこ婆さんはそう答えた。だが、やはり人間に猫の言葉は理解できない。あんこ婆さんの言葉は、千香には「置いていかないで」と訴えているように聞こえたかもしれない。

『一緒に帰りたいの?』

「帰りたいさ。でも、少しなら我慢できるよ」

『私の匂いがついたブランケットを置いていこうかな。それなら入院できるよね』

「そうだね。千香ちゃんの匂いがたっぷりついてるなら、安心さね」

『うん。やっぱり入院してもらおう。ここのほうが呼吸も楽だよね。温度管理もしてるから、こっちのほうが……』

千香は自分に何度もそう言い聞かせていた。生きようとしているはずなのに、勝手に諦めて連れ帰るべきではないというのが、最終的な判断だ。

『あんこちゃん。残業しないで帰ってきて必ずお見舞いに来るから』

「わかってるよ。あたしも諦めちゃいないよ。まだ一緒にいたいからここで頑張るよ。もう少しよくなったら、迎えに来てくれるんだろ」

『早くよくなってね』

千香はいつものようにあんこ婆さんの顔を指で撫で、額にキスをしたあともう一度顔を両手で包み込んだ。そしてそのまま額や鼻、ヒゲのつけ根を撫でる。そうされるのが大好きなのを知っているのだ。

両手で頭をすっぽりと包まれ、千香の匂いを嗅ぎながら顔を撫でられると、あんこ婆さんはいつも喉を鳴らして応えた。言葉がわからずとも通じ合える手段の一つだ。

心を決めた千香は獣医を呼び、入院させると伝えた。

『何かありましたらすぐにご連絡しますので。お仕事されてますよね。時間外でも、お見舞いに来られて構いませんよ』

『いいんですか?』

『はい』

『先生。お願いします。じゃああんこちゃん。先生にお願いしたからね。あんこちゃんを捨てて帰るんじゃないからね。毎日来るからね』

何度も何度も、彼女はそう言った。

わかってるよ——言葉で伝えられたら、どれだけいいだろう。

名残(なごり)惜しそうに帰っていく千香を見ながら、あんこ婆さんはこれまでになく強い思いに突き上げられた。

「もう食べられないよぉ」

ふくめんの寝言が、店内のBGMと重なった。

よほどカリカリが旨かったのだろう。ふくめんらしい寝言がおかしくて、俺は鼻を鳴らした。他猫が真面目に話しているってのに、呑気なものだ。あんこ婆さんも呆れたように笑っている。

「なんだい、能天気な猫だね」

「それがあいつのいいところだ」

老いた犬の足取りのような、重く、くたびれた味わいのウッドベースが心の奥を踏みしめる。ゆっくりと深く心に入り込んでくるそれは、千香のもとに心を残してきたあんこ婆さんの未練そのものだった。

「生きていたかったか？」

「生きてるよ」

「そういう意味じゃない」

わかっているだろうに、そんなふうにしか答えられないあんこ婆さんの気持ちを想像すると、俺は肉球に小さなトゲが刺さったような痛みを覚える。

もどかしくて、切なくて、それでも抱えていなければならない想いがある。凍てつく池の中の魚を見ているようだ。目の前にあるのに、そこに間違いなくいるのに、どんなに爪で掻こうとも触れることはできない。

「一緒にいたかったか？」

「そうだね。だけど叶わぬ願いなのさ」

諦めを煙とともに闇に溶かし、あんこ婆さんは続けた。

「でも、あたしがこだわってるのはそんなことじゃない。確かに一度はずっと一緒にいたいと願ったよ。猫又になってあの子とずっと一緒にいるって。でもこうなった今、未練たらしくその夢に縋りつくつもりはないんだ」

少し意外だった。だが、その横顔は嘘は言っていない。

「じゃあなんでそんなつらそうにしてる」

「あの子があたしの死に目に逢えなかったことを、いつまでも悔やんでるからさ」

驚いたのは、口にされたのが自分のつらい気持ちではなく、千香の抱える苦しみを思って零されたものだったからだ。

「あたしの容態が急変して、白装束があの子に連絡をしたんだ。すぐ駆けつけてきてくれるって言われて、待ってた。もう長くはないって自分でもわかってたけど、最後にあの子に撫でられたくてね。あの子の手も舐めてあげたかった。だけど、うっかり油断しちまってさ……到着前に力尽きたのさ」

あんこ婆さんが旅立つ時に傍にいてやれなかったことへの、激しい後悔。どれほどのものだろう。もう少し早く会社を出ていたら。入院させていなかったら。

一度そんなふうに考えると、自分の選択すべてが間違っていたんじゃないかと思うものだ。そして一番の後悔はこの俺にもなんとなく想像できた。

「動物病院に置き去りにしたって、誤解されたんじゃないかって考えるようになってね、こんなことなら入院させずに住み慣れたうちに置いていたほうがよかったんじゃないかって、そんなことまで言い始めちまって泣くんだよ。ごめんね、あんこちゃんって言って、毎日泣いてるんだ」

ああ、人間というやつは……。

ロクなもんじゃないといつも言い聞かせている俺を裏切るように、あいつらは時折驚くほどの愛情を示してくれる。そんな話を聞くたびに、俺は昔を思い出す。心を許した唯一の人間。死んじまった婆ちゃん。俺が看取った。

二度とあんな人間とは出会えないだろう。だからこそ、強烈に思うのだ。

すれ違う思いを繋いでやる術があるなら、繋いでやりたい。

「あんたの心残りはそれだったのか。俺はてっきり、最後にもう一度って思ってるんだとばかり」

馬鹿馬鹿しい……、とあんこ婆さんは嗤った。

「そりゃ最後に会いたかったけど、いいんだよ。最後に見たのは白装束のへなへなっとした男の顔だったけど、あたしは満足してるんだ」言って、その時のことを思い出すように目を細めてこう続けた。

「だって、あの子の匂いがたっぷり染みついた肌触りのいいブランケットに包まれてたんだからね……」

それきり口を閉ざす。

またたびを吸い終えるまで、俺たちは無言だった。いつになく穏やかな表情なのは、千香との思い出を反芻しているからだろうか。目の奥に浮かぶ記憶の数々。思い出というやつは優しくて、手放しがたく、それでいて蜃気楼のように摑ませてはくれない。だからこそ、胸の奥をギュと摑まれたように苦しくもなるのだ。

俺は決心した。必ず三毛の子猫を探して斡旋する。それが『NNN』の活動をしてきた牡の意地だ。

それから俺は必死になって捜索活動を行った。

乳が張っている母猫らしき牝を見ればあとを尾け、腹のデカい牝がいれば里子に出さないかなんて声をかける。怪しい牡だと引っかかれたこともあった。野良の世界では、あまりに不自然な自然への反抗ではあったが、それでもいい。ルールを無視してでも遂げさせたい想いだった。

そして、一週間後——。

「三毛の子猫を連れてきたぜ」

またたびも吸わず、ボックス席で首を長くして待っていたあんこ婆さんのもとにオイルがやってきた。その後ろにはふくめんがいて、生後一ヶ月半ほどの三毛猫を連れている。

意外にも見つけてきたのはタキシードだ。自分のような猫相が悪いのが行くと逃げられるのがオチだと、すぐには声をかけずにねぐらを特定し、俺に報告しに来た。たまたま見かけただけだと言っていたが、俺は信じちゃいない。

まったく、憎いことしやがる。

猫相の悪さでは俺もタキシードと変わらない。オイルとふくめんに行かせたが、思いのほか早く説得できたようだ。だが、慣れないバーの雰囲気に萎縮してしまったらしい。ガキはふくめんの後ろに隠れるように俺たちを見ている。

「おふくろさんとはぐれたって？」

なるべく優しく言ったつもりだが、すっかり固まってしまっていた。緊張のせいか、ふわふわの毛がさらに逆立つ。俺はあんこ婆さんに任せることにした。

「あたしの名はあんこってんだよ」

「あんこお婆ちゃん？」

「そう。ほら食べな。あんたはまだ小さいけど、これならそんなに硬くないから」

あんこ婆さんがカリカリを渡すと、飛びついて食べ始める。

「美味しい、んぐ、んぐ。美味しい！」

声をあげながら喰うのは、それだけ腹が減ってる証拠だ。綿毛のようにふわふわしているが、かなり痩せている。毛艶は悪く、目やにもひどかった。耳のつけ根のところの毛が禿げて、かさぶたができていた。皮膚病だろう。治療が必要だ。

ガキはカリカリをペロリと平らげたあと、毛繕いを始めた。

「いつもお腹空かせてるんだろう？　人間に飼われたほうがいいよ」

「でも、ママが人間には近づいちゃ駄目だって……」

「一匹では生きていけないよ。あんたはまだ小さいんだ」

「あんこお婆ちゃんといる」

「馬鹿だね。ご飯をあげるのは今回限りだよ。その代わり、暖かい寝床と美味しいご飯をくれる人間のところに連れていってやる。あたしはそこにいたんだ。行くかい？」

ガキは少し考えたあと、上目遣いであんこ婆さんを見た。そして、おずおずと言う。

「……うん、行く」

「イイ子だね。おいで」

あんこ婆さんが歩き出すと、ガキはトコトコとついていった。尻尾をピンと立てた後ろ姿を見ていると俺も見届けたくなり、続く。案の定ふくめんたちもついてこようとしたため、ドアを潜る前に制した。

「お前らはここにいろ」

「えーっ、俺とオイルが説得して連れてきたんっすよ。行っちゃ駄目っすか?」

「ぞろぞろ猫が連れ立って歩いてたら目立つだろうが」

「あんたはいいのかよ?」

オイルの揶揄を無視して、二匹のあとを追う。

昼間の陽気が嘘のように、外はひんやりとしていた。もう少しすれば、雨の季節がやってくる。そうなれば餌も獲りにくくなり、ガキも飢える。

あんこ婆さんの家に着くと、俺は二匹を後ろから眺めた。ウッドデッキに面した掃き出し窓はカーテンが閉めきられているが、隙間から部屋の灯りが漏れている。

「ここだよ。ここにあんたを大事にしてくれる人間がいる」

「あんこお婆ちゃん、怖い」

「大丈夫、あたしを信じな。絶対に幸せになれるから。ほら、顔を貸しな。気に入られるように、毛繕いしてあげるから」

あんこ婆さんは子猫の顔を舐め始めた。最初は優しかったが、そのうち前脚でガキの頭を押さえつけ、こびりついた汚れまで取る。少々乱暴で、じっと耐えているガキの姿が見ていておかしい。

「ほら、これでいい。目やにを取ったらかわいい顔が出てきたよ。これなら絶対にかわいがってもらえる」

「本当？」

「本当さ。いいかい、このウッドデッキの上で鳴くんだよ。出てきた人間に『お腹が空いた』って言うだけでいいんだ」

「本当にそれだけでいいの？」

「そうだよ。あんたが無事に保護されるまで、あっちでちゃんと見守っててやるから。それじゃああたしは隠れてるから、あんたはここにいるんだよ」

「うん、わかった」

俺とあんこ婆さんは植え込みの中へ身を隠したが、ガキはしばらく座っていた。やはりすぐに勇気は出ないのだろう。毛繕いを始める。腹。後ろ脚。後ろ脚の肉球。指の間。爪のつけ根。緊張すると、猫は毛繕いをする。

もういいだろうと、植え込みから飛び出したくなるのをなんとか堪えていると、ガキはようやく毛繕いを終えて座り直した。そして、小さな声で「ミィ」と鳴く。

「あんな声じゃ届かねぇぞ」

「黙って見てな」

以前したように、オイルかふくめんにでも子猫の声色を真似てもらえばよかったと後悔した。だが、今店に戻ってもあいつらはすっかりまたたびに酔っていて使い物にならないだろう。根気強く待つしかない。

ガキがまた「ミィ」と小さく鳴いた。頑張れ。もう少しだ。

何度目だっただろう。

『ねぇ、子猫の声が聞こえる』

家の中から声がした。あんこ婆さんの耳がピンとそちらを向く。瞳孔が広がり、狩りをしているわけでもないのに、ヒゲも前を向いた。鼻がヒクヒク動いているのは、無意識に匂いを嗅ぎ取ろうとしているのかもしれない。

もう一度ガキが鳴くと、今度ははっきりと家の中で人影が動いた。

『やっぱり子猫の声がする』

掃き出し窓が開いて女が姿を現す。「千香ちゃん……」とあんこ婆さんのつぶやきに、俺はまた胸がギュッと締めつけられた。千香はウッドデッキに出てくるなり足元の毛玉に気づいて、両手で口元を覆う。

『えっ、子猫……っ？……嘘……あんこちゃんと同じ柄』

ガキは人間の姿に驚いたのか、ウッドデッキの隅まで逃げた。おいコラ。ちゃんと保護してもらえと言っただろう。

俺はガキがどこかへ行ってしまわないかと気が気ではなかった。あんこ婆さんもさすがに焦りを隠せないようだ。念を送るように「そのままじっとしてな」とつぶやく。

しかし、俺らの不安をよそに千香は自分からガキに近づこうとはせず、その場にゆっくりとしゃがみ込んで手を伸ばした。そして、人差し指を出したまま動かなくなる。ガキが自分から挨拶(あいさつ)してくるのを待とうというのだ。

『……ほら、おいで。子猫ちゃん、おいでおいで』

なんて優しく語りかけるのだろう。

その声を聞いていると、穏やかな気分になった。あんこ婆さんは、羨(うらや)ましそうにしている。当然だ。聞き慣れた声は今は自分にではなく、自分と同じ模様の子猫に向けられているのだから……。

『ほら、おいで。子猫ちゃん』

優しく語りかけてくる声にガキも警戒心を解いたのか、そろそろと近づいていき、差し出された指の先の匂いをクンクン嗅いだ。挨拶ができれば、あとは放っておいて大丈夫だ。

千香はガキをそっと摑んで胸元に抱いた。

『うわ、かわいい。小さい。お母さんいないの？』

辺りを見回して親猫の姿がないのを確認すると、指で喉を撫でる。胸元にしがみつくガキはすっかり安心しきっていた。

『どうしてここにいるの？　どこから来たの？』

「あんこお婆ちゃんに連れてきてもらったの。あたしと同じ柄のお婆ちゃん」

『耳のところ痛そうね。かわいそうに』

「あんこお婆ちゃんがここなら幸せになれるって。知ってる？　あんこお婆ちゃん」

『お腹空いてない？　ご飯あげようか？』

「おなかすいた！」

『食べる？』

「うん、食べる！」

未練を断ち切るためなのか、あんこ婆さんは一部始終を目に焼きつけていた。彼女がガキを抱いて家の中へと戻っていくと、すぐに『庭で子猫拾った！』と嬉しそうな声が漏れ聞こえてくる。あんこ婆さんは、千香の消えた掃き出し窓を見たまま微動だにしない。

「平気か？」

「何がだい？」

「何がって……そりゃあ……」

俺はもごもごと言葉を濁した。弾んだ声はまだ家の中から聞こえてくる。

「いいんだよ。あたしはもうあの子の傍にいてやれないから。いてもあの子にはわからないから、あたしの代わりに傍にいてくれる猫が必要なのさ」

千香はあんこ婆さんを忘れはしないだろう。けれども新しい子猫を迎えると、思い出にできる。それは、あんこ婆さんの死を乗り越えることでもあった。

「そんな顔すんじゃないよ、ちぎれ。いつまでも引きずってるよりマシさ」

人間だけじゃない。俺たち猫も人間に対して愛情を感じる時がある。絆なんて言葉は好きじゃないが、あんこ婆さんの千香への精一杯の思い遣りは俺の心に残り続けるだろう。

「帰るよ。またたびでも吸いに行くかい？」

「今日はとことんつき合うぜ」

「生意気言ってんじゃないよ。あたしからすれば、あんたはまだまだ若造なんだからね」

いつもの調子で言われるが、やはりどこか寂しさを感じさせる声だった。

「大変っすよ！　ちぎれ耳さんっ、大変っす！」

ぽかぽか陽気に昼寝を決め込んでいた俺は、ふくめんの声に目を覚ました。せっかく気持ちよく寝ていたってのに、騒がしい奴だ。起き上がって前脚を舐め、耳の後ろから顔まで丁寧に洗い始める。

あんこ婆さんの命令による、千香への子猫の斡旋に成功してから一週間が経っていた。

「どうした?」

「それが……っ」

毛繕いをしながら話を聞いていたが、途中でぴたりと動きをとめた。まさか、そんなことが。落ち着いている場合ではない。

「婆さんはどこだ?」

「今捜してるっす。……あ、マスターを見つけ、マスターッ!」

塀の上を歩いているマスターを見つけ、ふくめんが駆け寄った。俺もすぐに追う。

「マスター、あんこ婆さん見なかったか?」

「どうかしたんですか?」

俺がふくめんから聞いた話を教えてやると、マスターは言葉を失った。オイルまでやってきて、輪の中に入ってくる。

「猫が集まって何してるんだよ」

「実は……」

オイルの反応も、俺やマスターと同じだった。

「さっき商店の隣で見たぜ。車のボンネットの上に寝そべってた」

俺たちはすぐにそちらへ向かった。カーポートの下で蹲っているはずの車はなく、あんこ婆さんもいなかった。手分けして捜す。すると、近くの屋根の上でくつろいでいるのをマスターが見つけた。

「いましたよ！」

俺たちは一斉に駆けつけた。俺たちの様子にただごとじゃないとわかったのか、屋根に辿り着く前にあんこ婆さんは下りてきた。ふくめんが事情を説明すると、段々と表情が曇る。

「どういうことだい？　せっかく斡旋した子猫を手放したって……」

「さぁな。俺もさっき聞いたんだ」

「キャリーケースに入れて連れていかれたっす。友達に譲ったみたいなんっすよ」

「とにかく、行ってみるさね」

力なく漏らされた声。戸惑いを隠しきれていなかった。あんこ婆さんがここまで動揺するのを見るのは、初めてかもしれない。家に向かって早足で道路を渡っていく後ろ姿からも、困惑が感じられた。

「大丈夫っすかね？」

そっとしておくべきか迷ったが、俺は追いかけることにした。心配そうな三匹に『任せろ』と目で合図して、一匹だけでついていく。

追いつくと、ウッドデッキのよく見える敷地の塀にあんこ婆さんは座っていた。視線の先には、千香がいる。俺は隣に飛び乗り、毛繕いを始めた。

「……どうしてなんだい、千香ちゃん」

千香はウッドデッキでぼんやりしていた。もちろん、あんこ婆さんの問いかけは届かない。届いたとしても、人間は俺たち猫の言葉を理解できない。

「余計なことをしちまったのかねぇ」

さすがに落胆は隠せないでいた。もう猫は飼わないと決めたのか、柄が気に入らなかったのか。返事はないってのに、あんこ婆さんはそんな疑問ばかりを繰り返している。しまいには、自分との時間が再び猫を飼おうと思えるほど素敵なものではなかったのでは……、などと言う始末。

愛情を疑っているわけではないだろうが、そんな馬鹿なことを口にするほどショックが大きいのだ。

「疑うなよ。かわいそうだろうが」

あんこ婆さんの返事はなかった。ここまでついてきたもののそれ以上言葉をかけられず、一緒に千香を眺めていることしかできない。息苦しい時間が過ぎていく。

だが、俺はふと千香の右手がゆっくり動いていることに気づいた。

こちらからだと本人の躰で隠れてよく見えないが、ふわふわの白い毛がチラリと覗いている。猫を撫でるような動きに、思わず声をあげていた。

「おい、婆さん。あれ見ろ」

「え……？」

「何か触ってるぞ」

はじめは子猫かと思った。だが、三毛ではない。毛の色は白だ。俺たちが子猫を斡旋する前に新しい子猫を迎え入れていたのかと思ったが、それも違う。

「あ、あれはあたしが包まれていたブランケットだよ！」

俺は目を丸くしてあんこ婆さんを見た。さっきまで肩を落としてしょぼくれた顔だったが、今は目を開き、生き生きとした表情になっている。ヒゲがピンと前を向いていた。

しっかりと千香を捉える目には、力が宿っている。

その時、裏の家から人が出てきた。ずんぐりした中年の女だ。

『あ。こんにちは、おばさん』

『あら、千香ちゃん。元気？』

『はい、一応は……』

女は洗濯物を取り込みに出てきたようだ。あんこ婆さん曰く、昔からあの家に住んでいて、千香のこともよく知っている。あんこ婆さんが子猫の頃にはすでにいて、千香の成長を見てきたという点では同じだという。

彼女は両手に抱えた洗濯物を家の中に放り込んだあと、再び千香に声をかけた。

『大丈夫？　あんこちゃん死んじゃったんだってね』

『はい、もう二十歳を超えてたから覚悟はしてたんですけど、やっぱりまだ受け入れられなくって』

『ペットロスってあるもんねぇ。で、また三毛を拾ったって話だったでしょう？　あげちゃったって聞いたけど』

『はい。猫好きの友達に譲りました』

俺たちは思わず身を乗り出した。あんこ婆さんの耳も、しっかりと前を向いている。

『せっかく同じ柄だったのに、どうして手放しちゃったの？』

『だって、あんこちゃんは天国に行ったあんこちゃんだけだから。あの子猫はかわいかったけど、あんこちゃんじゃないし』

あんこちゃんは天国に行ったあんこちゃんだけだから。

心臓を貫かれた気分だった。優秀な狩人（かりうど）のようにその中心を鋭く、容赦なく、的確に、だが優しさをもって彼女の言葉は俺たちを仕留めた。

「千香ちゃん……」

あんこ婆さんの声が震えているのは、気のせいではないだろう。

千香はさらに同じ柄だとあんこ婆さんを重ねてしまいそうだから、次に飼うのは違う柄の子にしたいと言った。そして、あんこ婆さんを思い出しても泣かずにいられるようになるまで新しい子は飼わない、とも……。

「なるほどな。そういうことだったのか」

俺は思わず鼻を鳴らした。

あんこ婆さんに対しても、新しい猫に対しても、愛情があるからこその選択だ。俺たち猫は人間の間で愛玩動物と言われているが、生きている。個性がある。一匹一匹違う。だから、代わりなんて探す必要などなかった。

「あたしゃ気づいてなかった。馬鹿だったよ」

「ま、そうだな。大馬鹿だ」

いつもなら「なんだって？」とくるはずのあんこ婆さんだが、俺の言葉を噛み締めている。

「行ったらどうだ？　どうせ触れ合えはしないだろうが、傍にいることはできる」

「そうだね。ちょっとだけなら、いいかもしれないね」

あんこ婆さんは塀から下り、ウッドデッキのほうへと歩いていった。俺には確かに見えるのに、そこにいるとわかるのに、やはり人間はその存在に気づけない。

それでもあんこ婆さんは、千香の隣に座った。ブランケットの上に乗り、香箱（こうばこ）を組んでまどろみ始める。しばらくそうしていると、千香が驚いた顔でブランケットを見た。

恐る恐るといった表情で再びそこに手を伸ばした彼女は、ゆっくりと撫で、嬉しそうに目を細めた。

『あんこちゃん。彼女の目がキラリと光る。毛皮を着替えたら、またうちに来てね』

「もちろんだよ」

彼女にあんこ婆さんの姿が見えたわけではないだろう。だが、確かに何かを感じた。触れ合えずとも、一人と一匹はどこかで通じている気がする。

これ以上見ているのも野暮だと、俺は立ち去った。

太陽は先ほどと同じように、地面を温めていた。心地いい季節も、そろそろ終わるだろう。そのうち雨で狩りができない日が続き、それが明けると過酷な気温が俺たちを襲ってくる。それまでは、もう少しこの穏やかさを満喫したい。

「さて、昼寝でも決め込むか……」

俺は寝心地のよさそうな日向を見つけて躰を横たえた。だらしなく寝そべったまま前脚の肉球を手入れする。だらだらした時間は、最高に贅沢(ぜいたく)だ。

後日、夢枕に立ったあんこ婆さんが死に目に逢えなかったことなど気にしなくていいって言ったと、千香が嬉しそうに話しているのを聞いた。千香の匂いがたっぷりとついたブランケットに包まれ、千香の膝に乗っているような気分で最期の時を過ごしたと……。

実際は夜中に閉め忘れた窓から実物が家に忍び込んで耳元でそう訴えたのだが、それを知っているのは俺たち野良猫だけだ。

言葉が通じないはずの人間になぜそれが伝わったのか——。

猫又になったからというのが俺たちの説だが、真相のほどはわからない。

# 第四章

◇◇◇◇◇◇◇◇◇◇◇◇◇◇◇◇◇◇◇◇◇◇◇◇◇◇◇◇◇◇◇◇◇◇

# 害獣

◇◇◇◇◇◇◇◇◇◇◇◇◇◇◇◇◇◇◇◇◇◇◇◇◇◇◇◇◇◇◇◇◇◇

排泄行為ってのは、無防備な瞬間だ。俺たち野良猫にとって、一番危険な状況だとも言える。敵に襲われたらひとたまりもない。

俺はある庭の花壇でうんこをしていた。掘り返したばかりのふかふかの土は、綺麗好きな猫にとってうってつけの便所となる。周りに花が植えてあるのも、目隠しとなって都合がいい。それでも外の世界で生きる俺たちに、トラブルはつきものだ。

くそ、出ねぇ。

俺は先ほどからずっと同じ体勢を保っていた。いきんでもいきんでも、すっきりとはいかない。雨続きでねぐらに籠もっていたせいだろう。

実を言うと小便の出も悪かった。こいつは猫にはよくあることで、症状がひどくなると尿毒症なんてものにかかるとあんこ婆さんが言っていた。尿として排出すべき毒素を出せなくなるのだ。全身に毒が回ってあの世行きというわけだ。

話によると、塩分の多いものを喰うと思うらしい。気をつけろと忠告されたが、俺たち野良猫に餌を選んでいる余裕などない。

その時、俺は猫の気配を感じた。花の間から覗くと、大きなキジトラ柄の野良猫がこちらを見ている。他猫のテリトリーに入ってきて排泄行為を邪魔しようだなんて、いい度胸をしてやがる。

売られた喧嘩は買うのが俺の主義だ。

俺はさらにいきんだ。奴は立ちどまってこちらを見たまま、動こうとはしない。

あと一息。

そう思ったところで、一歩近づいてきた。くそ、卑怯な奴だ。空気が張りつめ、俺の緊張も最高潮に達する。それがよかったのか、なかなか出なかった最後の一塊が地面にポトリと落ちた。もうこっちのもんだ。俺は砂かけもそこそこに、ゆっくりと花壇から出ていった。

「おい、なんか用か?」

通常、猫は獲物に捕食者がいると悟られないよう、排泄後は土を被せて隠す。だが、縄張りを主張するためにあえて放置することもあるのだ。今がまさにその時と言えるだろう。

ここは俺のテリトリーだ。誰にも譲らねぇ。

アーオ、と俺は鳴いた。奴もアーオと鳴いて俺を威嚇する。だが、少しばかり及び腰だった。俺はもう一度アーオと鳴いた。腹の底から出される野太い声に相手が怯むのがわかる。ここで一気にカタをつけたいところだ。選ぶ相手を間違ったと後悔させてやる。

アァーオ!

いっそう大きく鳴く俺の声が、重そうな雨雲で覆われた空に響く。ギリギリまで水分をたくわえた雲は、あとふた鳴きもすれば雨粒を落とすだろう。

俺は躰（からだ）を横に向け、前脚を伸ばしてより高いところから見下ろしてやった。目線の位置で勝敗は見えたも同じだ。奴はイカ耳になり、とうとう目を逸らす。まだアーオと鳴いているが、逃げるタイミングを計っているのは明らかだ。

次の瞬間、奴は一目散に駆け出した。俺はすぐに追った。

走る。走る。走る。

追いつめた。高い塀の前だ。それを登って逃げるには俺に背中を向けなければならない。猫にとって簡単な高さでも、敵がいるとそうはいかない。

アァアーオ、ともう一度鳴くと、奴は一か八か塀に飛び乗ろうとした。背後から飛びかかり、思いきりかぶりつく。暴れるキジトラ模様。

ギャギャギャ……ッ、と叫び声が響いた。大量の毛をまき散らして奴は逃げていく。

図体はデカかったが、たいしたことはない。勝者となった俺は、悠々と毛繕いを始めた。

下界の騒ぎに刺激された雨雲が落涙する。野良猫の厳しい世界で悲鳴をあげたキジトラの悲哀を代弁しているようだが、甘いことは言ってられない。いつ自分の立場が逆転するかわからないのだ。

情けなど必要ない。

その日の夜。俺はCIGAR BAR(シガーバー)『またたび』のドアを潜った。一歩脚を踏み入れると、目の前には日常を忘れられる空間が広がっている。微か(かす)に聞こえてくる雨音は、BGMと重なると途端に深い哀愁を漂わせ始めるものだ。

今日は雨だからか集まりがいい。オイルがカウンター席にいた。あんこ婆さんと新顔のタキシードも、それぞれボックス席を陣取っている。

俺はいつもの席に座り、雨で濡(ぬ)れた躰を舐(な)め始めた。

こんな日こそ、またたびが旨(うま)い。

「マスター。今日のお勧めはなんだ?」

「そうですね。『コイーニャ』『ポール・ニャニャニャニャーガ』『ネコ・パンチ』『ネコニダ』辺りがよく熟成されてますよ」

俺はその中から『ネコニダ』を選んだ。気分で選ぶこともあれば、店のお勧めで何を吸うか決めることもある。

「今年は暑くなりそうですね」

「ああ、俺もいい歳だ。躰に堪(こた)えるよ」

あと少しで梅雨が明ける。何もかも雨に濡れて陰鬱(いんうつ)に項垂(うなだ)れる時期は終わり、今度は殺猫的な暑さが襲ってくるだろう。餌には事欠かないが、容赦なく体力を奪いにかかる太陽も厄介だ。

またたびが出てくるとシガー・マッチで炙り、漂う匂いに期待を大きくした。この瞬間はいまだにワクワクと胸が躍る。どんなに最悪の日でも、挽回できるのだ。

俺はシガー・マッチの炎を眺めながら、ふと頭に浮かんだ疑問を口にした。

「なぁ、マスターはいつから店を始めたんだ？」

「なんです急に……」

「いや、聞いてみただけだ」

「自分の過去なんて、たいしたことはないですよ」

なんとなくはぐらかされた気分だが、ちょうどいい具合に火がついたため、目覚めたそいつを口に運んだ。言いたくないのなら、無理して聞くことはない。

俺は舌の上で煙を転がし、堪能した。優美な味わいは、口に広がったあと鼻へと抜けていく。何度味わっても旨いまたたびだ。

こいつは発売当初は外交用ギフトとして作られたプライベートブランドだ。ゆえに一般に出回るまでは『キューバの秘密』と言われるほど知名度も低かった。秘密にしておくのにはもったいない代物だ。

「マスター、今日も最高だよ」

「ありがとうございます」

俺は紫煙の懐に抱かれた。湖面の落ち葉のように、どこへ行くでもなくゆらゆらと、この時間に浮かんでいる。店のカウベルが鳴る音も、子守唄のように響いてくるから不思議だ。

「いらっしゃ……」

微かに走る緊張に、俺は閉じていた目を開いた。マスターは出入り口を見たまま固まっている。オイルも同じ反応だった。

今日はどんな珍客だ――なんとはなしに振り返ると、思わず硬直してしまう。

こいつは予想外だ。死んだはずのあんこ婆さんが姿を現した時の驚きもかなりのものだったが、今日は今日でなかなかの衝撃がある。

珍客は店内にいる全猫の視線を集めながら、カウンター席にまっすぐに歩いてきた。

むっちりとした躰。黒い手脚。尖った鼻。短いヒゲ。

あんこ婆さんも驚きを隠せない。だが、相手がどう出るか――そんな鋭い視線で成り行きを見守っているのはさすがだ。敵か味方かわからない相手を前にした時は、すぐに動かないほうがいい。

「お客さん、ここは……猫の憩いの場所です」

「そんなことは承知の上だ。でも、猫以外禁止とは決めちゃいないだろ?」

「そうですが……」

マスターは逡巡しているようだった。客を叩き出すのは簡単だ。しかし、この店のドアを潜った相手に対する敬意ってもんも忘れちゃいない。明らかに害を及ぼしそうな相手だったり実際に騒ぎを起こしたりするなど明確な理由がない限りは、他の客と同じに扱うべきと思っているのだろう。

「座っていいか？」

「喧嘩は御法度。それを守っていただければ」

「わかったよ」

そいつはボックス席へと向かったが、座ろうとした瞬間——。

「あんたが吸っても酔えないんじゃないかい？」

あんこ婆さんが落ち着いた掠れ声で言った。すると、珍客は振り返って嗤う。黒くつぶらな瞳には、店内の柔らかな灯りが映っていた。闇の中にぼんやりと浮かぶそれは、孤独を感じさせる。

「でも、味わえる。好きなんだよ、またたびの匂いってのが」

「変わってるね。あんたアライグマだろ？」

珍客は答えなかった。黙ったまま席に座り、前脚をテーブルの上に置く。俺たち猫と違って指が長かった。短い毛に覆われているが、人間の手に似ている。マスターが注文を聞きに行くと、黄色いつぶつぶを出す。

「代金はこいつでいいか？」

「これは……？」

「トウモロコシだ」

「申し訳ありません。それはお受け取りできません」

「喰わないのか？」

「……はい、好んでは」申し訳なさそうに、マスターが頭を下げる。

「そうか。あいつらは喰ってたけどな。それじゃあまた改めて」

奴はあっさりと席を立った。話の通じる相手らしい。だが、立ち去るその背中にあんこ婆さんの声がかかる。

「待ちな。せっかく来たんだ。あたしが奢(おご)ってやるよ。マスター、いいだろう？」

「もちろんです」

アライグマは驚いた顔をしたが、あんこ婆さんに向かって頭を下げて席に戻った。マスターがキャビネットへ消えるのと同時に、カウベルがけたたましく鳴る。

「ちょりーっす！　雨が降ってたいへ……」

ふくめんは最後まで言い終わらないうちに、動きをピタリととめた。そして、一度通り過ぎたボックス席を振り返り、裏返った声をあげる。

「タ、タヌキッ！」

「誰がタヌキだ。俺はアライグマだよ」

「ア、アライグマ……？　どうしてここに……？」

ふくめんはまたたびを手に奥から出てきたマスターを見るが、店の客として認めたからには詮索はなしだとばかりに軽く首を横に振った。すると気もそぞろに鼻の挨拶をして回り、オイルの隣に腰を下ろす。

カウンターに揃えて置かれた白い前脚が、何やら落ち着かない様子だ。

「え、えっと……今日はなんに……しようかな」

ふくめんは珍客を気にしながらつぶやいた。今はまたたびどころじゃないらしい。マスターがボックス席へまたたびを運ぶのを盗み見ている。当然だ。アライグマにまたたびなんて聞いたことがない。

「『コイーニャ』です。吸い口の切り方は……」

マスターが言い終わらないうちに、アライグマの奴はまたたびを掴んで店の外へ向かった。持ち帰りする客なんて初めてだ。マスターも驚いていたが、我に返るとすぐに追いかける。吸い方を知っているようには見えない。

「まさか、同業者のスパイか……？」

オイルが険しい顔でスツールから下りる。俺も続いた。

「お客さん、どこへ」

声をかけてもアライグマは振り向きすらしなかった。駆り立てられるように突き進むと辺りを見回して水たまりを見つけ、その前にしゃがみ込んだ。そしてあろうことか、またたびを水たまりに浸す。

「――っ！」

ジャブジャブ、ジャブジャブ。

路地の隅っこで両手でしっかりと擦りながらまたたびを洗う後ろ姿は、まさに妖怪といったところだ。だが、妖怪より恐ろしい気配が放たれている。

恐る恐るマスターを見ると、これ以上ないってくらい目を見開いていた。爛々と輝くそれに、地獄の釜の蓋が開いたような底知れぬ恐ろしさを感じる。なんとか冷静さを保とうとしているが、フー、フー、と荒い鼻息がマスターが限界であることを物語っていた。目が次第に据わってきて、鼻にも深いシワが刻まれる。

こんな凶悪な顔のマスターは、初めてだ。

「よくも……よくも」

かろうじて聞こえるほどの小さな声で繰り返された直後、怒りが爆発した。

「舐めとんのかワレェェ……ッ！」

まさに竜の逆鱗。

「マ、マスターがキレたっす！」

「押さえろっ、マスターを押さえろっ！」

怒り狂ったマスターは、爪を出してアライグマに飛びかかろうとした。俺とオイルとふくめんの三匹がかりでなんとか押さえるが、少しでも気を緩めれば鋭い爪がそこら中を裂いて回りそうだ。

「マスター、落ち着け！」

「放してください、ちぎれ耳さんっ。こんな屈辱は初めてです！　あいつは侮辱したんですよ！　熟成したまたたびを冒瀆（ぼうとく）したんですっ！」

マスターの怒りは当然だった。猫が集うバーに来たアライグマを追い返さずに客として迎えた。店のドアを叩いた相手に対する最大の敬意だ。それなのに、時間という魔法をかけられ、ボディに力を秘めたまま石のようにじっと己の出番を待ち続けたまたたびは、その力を発揮することなく泥水に陵辱（りょうじょく）された。

俺だって腹が立つ。

「よくも侮辱しやがって……っ！」

「ぶ、侮辱っ？　侮辱するわけがない。俺は……っ」

アライグマは振り返って叫ぶが、手元を見て「しまった」という顔をした。わなわなと手を震わせて鼻をヒクヒク動かす。

「また……俺はまた……」

「いいから帰んな！　あんたなんかに奢るんじゃなかった。二度と来るんじゃないよ！」

重そうな躰を弾丸のように走らせ、奴は一目散に逃げていった。闇に溶け込むようにその姿が消えると、マスターの躰から力が抜けていくのがわかる。オイルたちと目を合わせ、ゆっくりと放してやると力なく座り込んで深く項垂れた。

「よくもあんな……、よくも……っ」

悔しさを奥歯で嚙み潰せば少しは解消できるとでもいうように、マスターは何度もそう繰り返した。

「マスターのまたたびは誰がなんと言おうと世界一だ。あんな客のことは忘れろ」

「そうっすよ。タヌキにまたたびのよさなんてわからないっすよ」

「タヌキじゃなくてアライグマだろ」

「あ、そっか」

牡泣きに泣いたマスターを宥めるのに、大変だった。この店始まって以来の大事件と言っていいだろう。

泥水に浸かったまたたびは無残にもバラバラになり、秘めた力を披露することなく、店の外でその生涯を終えた。

常軌(じょうき)を逸(いつ)した太陽が、俺たちに容赦なく襲いかかってくる。

梅雨明けした途端、それは勢いを増した。車の下。溝の中。茂みの陰。どこへ逃げても熱風が俺たちを見つけ出し、無慈悲に体力を奪っていく。ワシャワシャワシャ……、と途切れることなく鳴き続ける蝉(せみ)の声も暑さに拍車をかけた。

それは、いまだに収まらないマスターの怒りのようだった。

「よく暑くねぇな」

植え込みの陰で躰を休めていた俺は、平然としているあんこ婆さんを見て羨(うらや)ましくなった。冬場の寒さだって露(つゆ)ほども苦にならないだろう。

だが、それにしちゃあしけた面だ。

「猫又ってのはいいな。腹は減らない。暑さも寒さもなんのそのなんだろう?」

「そうだね。この暑さでも平気なんだよ。だけど無感覚じゃない。暑いってわかるのに、ちっとも苦にならないんだ。おかしなもんだね」

「責任感じてるのか?」

「いきなり斬り込むね」

「あんたがいつまでも気にしてるからだろうが」

あんこ婆さんは、アライグマの一件を自分の失態だと思っている節があった。あいつにまたたびを奢ったのは、他ならぬあんこ婆さんだ。お節介をしなければあんなことにならなかったと思っているだろう。けれども、俺に言わせれば早いか遅いかの話だ。

「あたしも迂闊だったよ。あいつらが洗わずにいられない生き物だってことを忘れてた」

洗わずにはいられない。

俺はその言葉を繰り返し、自分の前脚を見た。習性というやつは、己の意志でどうにかできるもんじゃない。きっと俺たち猫が爪を研がずにいられないのと同じだ。それを理解せず、怒る人間もいる。アライグマの習性を認めないのは、人間と変わらないのかもしれない。

ジジッ、と近くで蟬の声がし、乾いた音を立てて飛び去った。誰かが来る。あんこ婆さんも気づいたらしく、近づいてくる気配に香箱を崩した。

「なんだい、お前さんかい」

タキシードだった。筋肉質の大きな躰とタキシード柄の白黒模様。靴下を穿いたように脚先も白いが、薄汚れている。何より、顎の歪みが猫相をより凶悪にしていた。凄絶な縄張り争いを繰り返しただろう新顔は、不遜な態度で俺たちに近づいてきた。

「あんたらに頼みがあって来た」

「なんだ改まって」

「アライグマの奴がマスターに謝りたいだと。門前払いされないよう、話を通してくれないか」

「お前にそう言ってきたのか？」

「いや、頼まれちゃいない。昨日の帰りに店の近くをうろついてたのを見たんでな。迷ってるようだった。さっき畑でトマトを喰ってるところに声をかけたら、謝りたくて店に行ったらしい。同じことを何度も繰り返してる」

「頼まれてもいないのに、わざわざ仲介役を買って出たのか。ご苦労なこったな」

俺の揶揄にタキシードは歪んだ口元をさらに歪めて嗤い、「悪い癖だよ」。どこか自虐的な色を覗かせる。

「マスターがあいつを許すかどうかはわかんねぇぞ」

「そんなことは承知してる」

会わせないほうがいい気もしたが、タキシードのようなボスクラスの牡にわざわざ脚を運ばれると、こっちも誠意を見せなければという気持ちになる。それが礼儀ってもんだ。

「いいぞ。あいつを呼んでこい」

タキシードは「恩に着る」と言って今きた道を戻っていった。しばらく待っていると、アライグマの野郎を連れてくる。奴は神妙な面持ちで俺たちの前に立った。

「今度マスターを侮辱するような真似をしたら、俺が許さねぇぞ」

「わかってる」

噛み締めるように言いながら深く頷く態度から、信頼に値すると見ていいだろう。

まだ明るいうちから、俺たちはCIGAR BAR『またたび』に向かった。開店前だが店の準備で早めに来るはずだ。その予想どおり、到着と同時にマスターが姿を現す。雁首揃えた俺たちに立ちどまり、動かなくなった。そして、俺たちの後ろにアライグマがいることに気づき、一瞬にして目が据わる。怒りが完全には収まっていないのは明らかだ。それは奴にもわかったのだろう。俺たちを掻き分けて前に出る。

「悪かった！　このとおり！」

アライグマは土下座をした。その勢いにマスターが毒気を抜かれた顔をする。

「なんでもすぐに洗いたがるのは、癖なんだ。決して店を侮辱しようだとかそんなつもりはなかった。悪かったと思ってる」

「癖なら……仕方ないです」

誠実さを見せられればこちらも……、というのがマスターの性格だ。冷静な対応を見て、大人だと感心した。どれほど怒っていようが、相手の言い分にちゃんと耳を傾ける。

本来なら二度と来るなと塩を撒いたっていいが、そうしないのはマスターの猫柄といったところだろう。

「お客さん、名前は？」

「ラスクだ」

「準備はこれからですが、どうぞ中へ……」

マスターは店のドアを開けた。俺たちも入るよう目で促され、従う。

思えば開店前に来るのは初めてだった。いつもドアを潜ればＢＧＭが迎えてくれるが、今日は静寂に包まれていた。店はまだ眠っている。俺たちをいい具合に酔わせてくれるのは何もまたたびだけではないと、改めて気づいた。

「本当に悪かった」

「もういいですよ。まぁ、座って。それより、どうしてあなたが住宅街にいるんです？」

促されたラスクはボックス席に腰を下ろし、それを全員で取り囲む格好になった。

「人間に飼われてたのか？」

思わず横から口を出すと、あんこ婆さんが続く。

「猫の集まる店にわざわざ来たわけも聞きたいね」

「店の前を行ったり来たりしてた時のあんたは、思いつめた顔だった」

腰を据えて話を聞こうとばかりに、タキシードが毛繕いを始めた。

猫の好奇心が炸裂（さくれつ）といったところだ。

ラスクは猫に囲まれて質問攻めにされ、少々戸惑っているようだった。けれども、どこか嬉しそうにも見える。

「俺は猫が恋しくてここに来たんだ。聞いたんだよ。どんなに折り合いの悪い相手がいようとも、喧嘩は御法度。そんなルールの店なら、俺が行っても受け入れてもらえるんじゃないかってな。俺はアライグマだが、自分を猫だと思っていた時期もある」

「どういうことだい？」

「俺は親兄弟以外のアライグマを見たことはないんだ」

ラスクは自分の生い立ちを俺たちに話し始めた。

ラスクが最初に目にした人間は、中年の夫婦だった。母親とはぐれて山を彷徨（さまよ）っていたのだが、どうやってここまで来たのかわからない。山道を散歩していた夫婦は、木の根元に蹲（うずくま）っていた生き物に気づいて、恐る恐る近づいてきた。

『ねぇ、こっちにおいで』

腹は減り、つま先は冷たくなり、もうこれ以上動けないというところに差し伸べられたのは大きな手だった。恐ろしくて固まったが、聞こえてくる声は優しく、話しかけられるとなぜか安心する。まだ小さかったが、敵ではないと直感した。母親のぬくもりが恋しい時期だ。柔らかい声色に心が動いて当然だろう。

ラスクは近づいてくる人間から逃げずに、その場で蹲って彼らを見上げた。

『アライグマじゃないか、これ』

『え、タヌキじゃないの？』

『ネットで調べてみようか。えー……と。あ、やっぱり模様がアライグマだぞ』

『へぇ、すごいわ。野良のアライグマなのね』

『ペットが逃げて野生化したのかもしれないな』

「お腹……減った」

訴えると、人間はリュックの中をごそごそ探り始めた。

『ねぇ、お腹空いてるんじゃない？ 痩せてるわ。パン食べる？』

袋の包みを開ける音とともに、いい匂いが爆ぜて広がる。何日も食べ物を口にしていないラスクは、差し出されたものを受け取った。即座にかぶりつく。

『あれ、やっぱりタヌキじゃないか？ 洗わなかったぞ』

『お腹空きすぎてたんじゃない？ そもそも水がないんだもの。洗えないわ』

『そうか。一度洗うところを見てみたいな』

アライグマは洗うような仕草からそう呼ばれるようになったが、実際は違う。視力があまりよくないため触って形を確かめているのだ。空腹時にはその行動を取らないこともある。また、野性のアライグマはわざわざ水につけたりもしない。

水辺でザリガニなどの餌を手探りで捕る姿が、洗っているように見えたのだろう。

ラスクも子供の頃は洗わなかった。その癖がついたのは、人間に飼われるようになってからだ。もともとの習性に加え、水で洗うと思い込んだ人間が食べ物を与える時に常に横に水を置いていたから、そう習慣づいただけだ。

『お母さんいないみたいね。連れて帰りましょうか。このままじゃ飢え死にするわ』

『嚙みつかないか？　狂犬病とか平気か？　そもそもアライグマって飼っていいのか？』

『あなたって臆病ね。狂犬病ならこんなにおとなしくないわ。それにもう関わっちゃったもの。見捨てられないわよ。ほらおいで』

抱っこされ、暖かな体温に母親を思い出したラスクは人間の胸の辺りの服をギュッと摑んだ。その行動が人間の庇護欲を刺激したらしい。すっかり気に入られ、一緒に山を下りていく。ラスクと名付けられたのは、この時だ。

車で運ばれ、新しい住まいに連れていかれる。そこで生まれて初めて猫という生き物に出会った。

『コロネ～、ピロシキ～、ロゼッタ～。ただいま～』

家の中に入ると奥から動物の気配がし、毛むくじゃらの生き物が出てくる。床に下ろされそうになり、怖くてしがみついた。

「やだよぅ、怖いよぅ」

『あら、大丈夫よ。うちの猫ちゃんはみんないい子だから』

優しく引き剝(は)がされて床に下ろされる。三匹いた。人間ほどではないが、自分よりずっと大きい動物に囲まれて動けなくなる。

「おかえりママ。ねぇねぇ、誰それ誰それ」

「変な生き物が来た」

「変わった匂いだ！　嗅(か)いだことない！　なんか臭いよ！」

『新しい家族よ〜』

ラスクは、猫たちに思いきり匂いを嗅がれた。頭、鼻、耳、背中。特に尻の臭いは丹念に、しつこく、くすぐったいくらい鼻を押しつけられて匂いを確かめられる。子供心にここで気に入られなければまた独りぼっちだと思ったラスクは、されるがままだった。

自分とは似ても似つかない鼻の短い生き物。脚も自分とは違って指がなく、その先端は丸くて切れ目が入っているだけだ。猫にもちゃんと指があって出し入れできる爪も持っていると知ったのは、もう少し先のことになる。

「やっぱり変な匂い。あたしコロネ」

「わたしはロゼッタよ」

「俺ピロシキっていうんだ。なんだお前、変な脚だな」

ひとしきり匂いを嗅がれたあと、鼻と鼻での挨拶を教わった。初めてやる猫の挨拶に戸惑いながらも真似をすると、仲は一気に深まる。

「ぼ、僕……ラスクって言われた」

「いい名前だな。ラスクは美味しいぞ」

「おっ、美味しい⁉」

「驚かなくていいわ。みんな食べ物の名前ってことよ」

子供の頃から一緒に暮らしてきた三匹は、すんなりとラスクを受け入れた。種族は違うが、毛に覆われた仲間との生活が始まる。

『みんな、ご飯にしましょうね～。ラスクはカリカリ食べるかしら』

ピロシキが「早く頂戴」とアピールすると、猫たちはそれぞれの器にカリカリを入れてもらい、一斉に顔を突っ込んだ。ラスクも同じものを与えられる。

「何これ、硬くて小さなつぶつぶだ」

両手で触って形を確かめたあと、口に運んだ。魚の風味がして、歯応えがあって、すぐに気に入る。

「美味しい、美味しい！」

『よかった、食べるのね。ほら、お水。洗っていいのよ』

水の入った器を出され、カリカリをいったん置いてその中に手を突っ込んだ。冷たい水の感触を確かめていると、笑われる。

『あら、何も持たずに洗ってるわ。慌ててるのね』

『そんなに腹が空いてるなら野菜もやろうか。母さん、ミニトマトあったよな』

『そうね。それならふやけないいしいわね』

器の中にミニトマトをいくつか入れてもらうと、それも撫で回して形を確かめる。

『あなた見て見て。洗ってる』

『さすがアライグマだな。かわいいなぁ』

微笑ましく自分を見守る人間に、ラスクは母親からの教えをすっかり忘れてしまっていた。ご飯をくれ、優しく語りかけてくる人間はもはや敵ではなかった。猫たちもだ。

家族の一員として迎えられたラスクは、あっという間にその生活に馴染んだ。


「へぇ、アライグマは洗わずにはいられないんじゃなかったんだね。勘違いしてたよ」

あんこ婆さんが感心したように言った。猫又にまでなったのに、まだ知らないことがあるのだ。世の中ってのは広い。

「よく誤解される。もしや、あんたも誰かに飼われてたのか?」

「そうだよ。わかるのかい?」

「なんとなくな」

人と深い絆を結んだ動物ってのは、互いにどこか通じるものがあるのかもしれない。

「じゃあ、なんで野良になったんだよ？　かわいがられてたんだろ？」

オイルの声に、全員がドアのほうを見た。ふくめんと一緒に入ってくる。

「なんだお前ら」

「ドアが開いてたから……。もう開店時間っすよ」

「そうでした」

マスターは店のドアを閉めた。看板に灯りが灯っていない時は休業なのだが、今日はそうすることに決めたらしい。

「今日は常連さんの貸しきりってことで……。何か吸いますか？」

俺たちは、またたびを吸いながら話を聞くことにした。ボックス席に座るラスクの前をあんこ婆さんが陣取る。ラスクと背中合わせのボックス席にタキシード。俺たちは横向きにスツールに腰を下ろした。

マスターが注文の品を出してきて、あんこ婆さんの隣に座る。俺たちが火をつけるとラスクも猫に混じってシガー・マッチを擦った。

奴は一口吸っただけで目を丸くする。

「あいつらが人間に貰ってたのとは全然違う。さすがに酔わないが、いい味だ」

「そりゃそうだ。マスターが手塩にかけて熟成させた逸品だからな。そんじょそこらのまたたびと一緒にしてもらっちゃ困るんだよ」

俺の言葉に、ラスクはつぶらな瞳を潤ませた。そして、尖った鼻を手で擦る。

「そうか。本当に失礼なことをしたんだな」

「もういいですよ。悪気はなかった。それでいいじゃないですか。ちゃんと謝ってくれましたしね」

ラスクはもう一度深く頭を下げたあと、こう続けた。

「羨ましかったよ。俺もまたたびで酔えたらって……」

寂しげな笑みとともに零(こぼ)された言葉からは、どんなに切望しても決して猫にはなれないラスクの孤独が感じられた。

「だけど、それでもあいつらは俺を受け入れてくれた。猫はよく寝るんだよな。そしてよく遊ぶ。あいつらは若かったから遊び方も派手だった」

つぶらな瞳に浮かぶのは、思い出に対する深い愛情だ。懐かしむ気持ちってのは、そいつがなきゃ生まれない。

「特に真夜中の大運動会は楽しかった」

「真夜中の大運動会？　なんっすかそれ」

ふくめんの目が輝く。

「家中走り回って大暴れするんだ。追いかけたり追いかけられたり……俺の弾丸みたいな走りを見せてやりたいよ」

「楽しそうっすね！」

「楽しいってもんじゃない。大ハッスルだ。そうやって遊んで疲れたあとは、みんなで固まって寝るんだ。お前ら猫が喉を鳴らす音は、落ち着くんだよな。前脚でふみふみされながら聞いてるとすぐに眠くなる。俺もお返しにさすってやるんだが、みんな喜んでくれたよ。時々しつこくしすぎて後ろ脚でやんわりと牽制されたがな」

こいつが猫を求めてこの店に来た気持ちが、わかる気がした。恋しくて、もう一度味わいたくて、フラフラと吸い寄せられたのだ。

「俺が一番幸せだった頃の話だ」

ふいにラスクの表情が変わる。それは、決して穏やかなだけではなかった人間たちとの生活を物語っていた。

変化が現れ始めたのは、ラスクが思春期に差しかかる頃だ。

アライグマはもともと気性が荒く、成長するにつれて人間の手には負えなくなる。ラスクも例外ではなかった。その遊びは日に日に派手になるばかりで飼い主を困らせる。

観葉植物への悪戯。ソファーの破壊。壁紙をベリベリと剝ぐ音は爽快だった。器用なラスクは猫が苦戦するタンスの抽斗（ひきだし）も簡単に開けられたため、中の衣類を引っ張り出して喰い千切る遊びもお気に入りだ。

飼い主が部屋の惨状を見て呆然と立ち尽くすことも少なくない。あまりに派手な遊び方に、猫たちがついていけないと遠巻きにすることも増えた。

少しずつ、ズレが生じ始める。

初めて怒鳴られた時のことは、よく覚えているという。

『もう、またこんなにして……っ！　あ、ひどいっ。これお気に入りだったのに！』

部屋に散乱していたのは、飼い主が一番大事にしていたよそ行きのブラウスだった。ふわふわした肌触りでいい匂いがしたため、すっかり気に入ったのだ。

『少しそこに入ってなさい！』

無理矢理ケージに入れられる。

「どうしてっ！　ねぇ、開けて！　出して！」

なんとか出ようとケージに噛みついた。それが無理だとわかると、ガシャンガシャン、と派手な音を立てて抗議する。鳴りやまない金属音に猫たちは別室へと避難した。一匹だけ部屋に残されてドアがバタンと閉まる。それでもへこたれずに訴えていると、ドアの外から『静かにしなさい！』と飼い主の怒鳴り声が聞こえてきた。

その日以来、ケージに入れられる回数も増えた。自由を奪われてストレスが溜まり、ますます荒れて手がつけられなくなるという悪循環に陥ったのは言うまでもない。

　手が器用なため、自分で鍵を開けてケージから出たこともあった。ラスクが散らかした台所で、飼い主が泣きながら片づけをしたこともある。そんな時はひどく叱られたが、しばらくするととりわけ優しくなり、猫たちが寝静まってからラスクだけ抱っこしてかわいがってくれたものだ。

『怒ってごめんね。ラスクは悪くないのよね。連れ帰ったのが間違いだったかもね。アライグマの習性をロクに調べもしないで……うちの子にしてごめんなさい』

　優しく撫でられると、叱られたことも全部忘れられる。穏やかな気持ちになって明日からおとなしくしようと反省もできた。けれども時間が経つとそんな気持ちは消えてなくなり、本能が剝き出しになる。

　また、猫たちとの喧嘩も増えてきた。

　ラスクは自分が気に入らないとコロネたちにも八つ当たりする。何度シャーッ、と威嚇されただろう。近づいただけで唸り声をあげられることもあったが、ラスクが落ち着いている時は以前と同じように毛繕いをしてくれた。

「乱暴してごめん、ロゼッタ」

「いいわよ、じっとしてて。いつもそんなふうにおとなしいといいのに」

　ラスクは自分で自分を上手くコントロールできないことが悲しかった。仲よくしたいのに、ちょっとしたことで腹が立つ。猫たちの行動に許せないところが増えてくる。

原因の一つに、部屋が十分な広さではなかったのもおおいに関係している。

外に出たくて、森の匂いを嗅ぎたくて、イライラして乱暴を働いてしまうのだ。窓を開けて網戸にした時は、外から漂ってくる土などの匂いに刺激される。

そんなある日。ラスクは勝手口のドアを開けようと目論(もくろ)んだ。室内ドアについているレバーハンドル型のドアノブなら、ラスクとピロシキはいつでも開けることができる。勝手口から外に行くには、鍵を外してレバーを動かすだけだった。

「ねぇ、開けられるの？」

「これを回せばいいんだろ。俺ならできる」

「俺も知ってる。ママたちはそこを回したあと開けるんだ」

難しかったが、飼い主たちはなかなか帰ってこない。時間は十分にあった。根気強く触っていると、ガチャ、と音がする。

「開いた！」

室内ドアより重かったが、躰を使ってこじ開けると目の前に外の世界が広がった。

「わぁ、外だ！　ちょっと遊んでくる」

「えっ、外に出るの？」

「大丈夫だよ。すぐ戻るから」

ラスクは勢いよく飛び出したが、子供の頃から完全室内飼いだった猫たちは外に出ても恐る恐るといった具合だ。一番好奇心の強いコロネだけが庭までついてきた。

「ねぇ、ラスク。待って」

「俺遊んでくる」

「あたしも行く！」

そう言いながらも、警戒して周辺の匂いを嗅いでばかりでなかなか来ない。焦れったくなり、コロネを置いて自分だけ遊びに出た。ピロシキとロゼッタは勝手口の三和土(たたき)から見ていることしかできない。

「やっほー、外だ！」

久々に触れる土の感触。植物の匂い。庭には花壇があり、小さな生き物たちもいた。動くものを見つけて飛びかかる。バッタだった。ぶぅぅ……ん、と重い音を立ててカナブンが飛んでくる。捕まえようとして逃げられたが、それもいい。

楽しい時間だった。毎日こんなふうに遊べたら家ではおとなしくしていられる。家具を破壊したり壁紙を剥いだりしない。タンスの抽斗を開けるのも我慢できる。

これからはきっと上手くいく。そんな確信すらあった。

けれども思惑は外れた。帰宅した飼い主は、猫が外に出ているのを見て青ざめた。猫たちは全員無事に帰ってきて脱走の首謀者がラスクだとわかったが、この一件が大きな転機となる。

『もうこれ以上無理。ラスクだって不幸よ』

『しょうがない。手放すか。でもどうする？　動物園に相談するか？』

『駄目よ。アライグマは飼っちゃ駄目なんだから殺処分されるわ。山に連れていきましょう。もといた山ならちゃんと生きていけるわ』

そんな相談がされていたなど知りもせず、遊び疲れたラスクは猫たちとみんなで寝ていた。思う存分遊んだあとの心地いい眠りに、プープーといびきをかきながら……。

だが、幸せな時間も終わりを迎える。

『ほら、おいでラスク。ご飯食べなさい』

「どうして？　わ、大好物のバナナだ！　お菓子もいいの？」

一匹だけ起こされたラスクはたっぷりと食事を与えられ、キャリーケースに入れられた。

コロネたちも起き出してきて、玄関から連れ出されるラスクを見ている。

「ラスクー、どこ行くの？」

「俺たちと一緒にいないの？　どこか行っちゃうの？」

「おやつ貰ったの？　ラスクだけずるーい」

『ラスク。行きましょう。あなた運転して』

『ああ、行こうか』

「みんなは一緒に行かないの？　あれ？　みんな〜」

三匹の姿は玄関のドアの向こうに消えた。車に乗せられる寸前、コロネたちの姿が窓のところに見える。そのシルエットから三匹が自分を見ているのもわかった。

「ねぇねぇ、ママ。どこに行くの？」

何度も聞いたが、言葉の通じない人間が答えることはない。猫のゴロゴロとは違う振動が伝わってきて、ラスクを乗せた車はゆっくりと夜の住宅街を出る。キャリーケースの中からは、窓の外が見えた。けれども時折光が通り過ぎるだけで、どんな景色かわからない。どのくらい走っただろう。車は停まり、外に連れ出された。ザッ、ザッ、ザッ、と砂利道を上っていく。飼い主は山道をどんどん歩いていった。草むらの中から聞こえる虫の音に、なぜか懐かしさを感じる。

「ねぇねぇ、ここどこ？」

『この辺でいいか』

『そうね。ごめんねラスク。狭いところに閉じ込められてあなたもつらいんだよね？』

キャリーケースが地面に置かれて扉を開けられると、ラスクは外に出た。月が明るく、ワクワクした。濃い草の匂いがラスクの中に残っている野性の血を刺激する。

「また外で遊んでいいの？」

『じゃあな、ラスク』

『ごめんね。元気でね。本当にごめんね。本当に、ごめんなさい……っ』

「わーい。外だ！」

『ほら、泣いてないで行くぞ』

昼間も外で遊んだのに、今日はついている――外の世界にラスクは再び夢中になった。

雑草の中を走る爽快感は、室内では決して味わえない。ひんやりとした空気も気持ちよかった。踏みしめる土の感触にテンションも上がっていく。

だが、足音が遠ざかっていくのに気づいて振り返ると、飼い主たちが車に乗り込むところだった。バタン、とドアが閉まったのを見て、昂っていた気持ちが一気に冷める。

ブロロロロ……、とエンジンの音を立てて走り出す車を慌てて追いかけた。

「待って！」

それはあっという間に小さくなり、闇へ溶け込むように消えた。どうして――自分だけが置いていかれた理由がわからず、呆然と立ち尽くす。

聞いたことのない声が林の中から響いてきた。あれは鳥だろうか。家にいてよく聞こえてくるのは雀や鳩、そして烏だが、そのどれとも違う。

「ママー、パパー。コロネー、ピロシキー、ロゼッタどこーっ」

不安でたまらず何度も呼んだ。しかし、返事はない。

「……怖い」

地面の匂いを嗅ぐが、馴染んだ匂いとはほど遠いものだった。これまで暗がりを恐れたことはなかったが、今は得体の知れない生き物が潜んでいる危険な場所にしか見えない。それは生臭い息を吐きながら、どうやってラスクを喰ってやろうかとほくそ笑んでいる。

「みんな、どこ……」

きっとすぐに戻ってきてくれる。

ラスクはそう信じてその場で待った。だが、待てども待てども飼い主たちは戻ってこない。そうしているうちに疲れてきて、どこか休めるところはないかと探した。月の光が届く木の根元に窪みを見つけて躰を横たえる。

家の外に出たいだなんて思ったのを後悔した。そんなことを望んだから、ドアの鍵を開けて勝手に外に出たりしたから、置いていかれたのだ。

「ごめんなさい」

一匹で寝るのは、拾われてからは初めてだった。いつもみんなが一緒だった。ふわふわの毛に覆われた猫たちのむっちりした躰は心地よく、団子になるとぐっすりと寝られる。快適な寝床を恋しく思いながら固い地面で丸くなったラスクは、寝ては起きるを繰り返した。

猫たちの夢を見ながら何度も、何度も……。

気がつけば辺りは明るくなっていて、静かだった世界が目覚め始めた。どこからともなく車の音がし、人の生活が活気を帯びてくる。犬を連れた老人が、すぐ傍の山道を登っていった。

ラスクの存在に気づいた犬がけたたましく吠える。すぐに立ち去ったが、生きた心地がしなかった。

「みんな……」

ラスクは思いきって昨夜車が走っていったほうへと歩き出した。迎えに来てくれないなら、自分の脚で家に帰ればいい。

土は砂利道になり、アスファルトの地面へと変わる。初めて味わう感触だ。ゴツゴツしていて、肉球が痛くてジンジンしてきた。フローリングの床で生活していたラスクにとって固い地面は刺激が強すぎる。敵か味方かわからない人間も、ラスクにとっての脅威だ。物陰に隠れ、息をひそめてやり過ごし、また歩き出す。

そうやって家を目指したが、そのうち脚から血が滲(にじ)み、お腹も空いてきた。畑の作物で飢えをしのいだが、雨が降ってくる。

そして最後には、自分の家がどちらの方向にあるのかすらわからなくなった。

「俺は捨てられたんだ」

ラスクは火をつける前の『コイーニャ』を撫で回していた。飼い主がもっとアライグマについて理解していれば、こんなことにはならなかったかもしれない。

俺たちの吐く紫煙で満たされた店内は、濃霧に沈んだ夜明け前の住宅街のように静かだった。自分の息遣いすらも耳につく。

静寂を破ったのは、ふくめんだった。

「猫ならここにいるっすよ」

スツールから下り、ラスクの隣に座る。そして躰を寄せて「ふふ」と笑った。

「俺、ふくめん」

その行動にラスクは目を見開き、戸惑い交じりの相づちで返事をした。すると、反応を見たふくめんはふみふみを始める。

「寝床が心地いいと、俺もついふみふみやっちゃうんっすよね。こんな感じっすか?」

「ああ、そうだ。あいつらは、そんなふうに俺を揉んでくれた」

「ラスクさんはむちむちしてるっす」

「ラスクでいい。俺はなんでも食べるんだ。畑には俺が喰えるもんが山ほどあるから」

「そっかー、畑になってるものも食べられるんだ。いいなー」

ふくめんは鼻鏡を微かに紅潮させていた。おおかた喰い物の山に囲まれているところでも想像しているのだろう。嬉しそうにふみふみしているふくめんに、ラスクは瞳を潤ませながらつぶやいた。「懐かしいなぁ」

しみじみと噛み締めるような言葉に、奴の寂しさが俺の心に流れ込んでくる。突然奪われた日常を、今も心の中に大事に取ってあるのだ、こいつは……。

「ねぇ、『NNN』でラスクを斡旋したらどうっすか?」

「『NNN』?」

「ねこねこネットワークのことっすよ! 俺たち猫が暗躍(あんやく)してるっす!」

ふくめんが目を輝かせて説明しようとするが、オイルの冷静な突っ込みが入る。

「馬鹿か。アライグマは駄目だろ。猫でも斡旋先見つけるの大変だってのに、見つかるわけがねぇ」

「えー、そうかなぁ」

ふくめんは納得していないようだが、俺も同じ意見だ。飼い主を見つけてやりたいが、ハードルが高い。しかも、家の中に閉じ込められれば再びトラブルのもととなるだろう。

「ところで前脚、人間みたいっすね!」

「ああ、これか。コロネたちにも言われたな。俺は猫より器用だから便利だって」

「えっと……じゃあ、ちょっとお願いが……」

マスターはいったん裏に消えると、キューブ型のビーフジャーキーを持って現れた。包みの両端をねじったもので、俺も時々人間から貰う。こいつが曲者(くせもの)で、一粒ずつ包んであるせいで喰いにくくてしょうがない。

「お願いできますか？」

「開けりゃいいのか？」

両端を摘(つ)まんで引っ張ると、それはクルッと回った。細い指で器用に包みを剝くと中身が露(あら)わになる。まさかの展開に「おおっ！」と声があがり、全員が目を瞠(みは)った。

「え？ そんなに驚くことか？」

「すごいっすよ。あっという間に剝いちゃったっす」

「そういやあいつらもこういうおやつを盗んだ時は、苦戦してたっけなぁ」

「そ、それじゃあこいつもお願いして……？」

マスターがさらに包みに入ったお菓子などを持ってくる。それもなんなく開けると、おお～、と盛り上がる。猫に囲まれて、ラスクはどこか得意げで嬉しそうだった。

「ラスクがいたら、便利じゃないっすか～。もう俺たち仲間っすよ」

お調子者の言うことは単純だが、ラスクの救いになっただろう。

オイルが冷めた目でふくめんを見ていた。タキシードは笑いを圧し殺している。あんこ婆さんは穏やかな笑みを浮かべてまたたびを味わっていた。

ふくめんのおかげで、いいところに収まりそうだ。こいつの猫懐っこさがアライグマにまで有効だとは……。

「野良も悪くないぞ」

俺の言葉に、ラスクの目に涙が浮かんだ。


ゴロゴロゴロ……、と大音量で喉を鳴らしながら近づいてくる気配に、カウンター席でまたたびを口に運ぼうとしていた俺は動きをとめた。

猫が喉を鳴らすのにはいくつか理由がある。今の状況を考えると警戒することはないが、あそこまで大音量だとどれほどの牡か気になるところだ。

さぞ鍛（きた）え上げられた巨漢だろうと、警戒心たっぷりに振り返る。だが、目に飛び込んできたのは予想外のものだ。

「ラスク。お前、何やってるんだ？」

ゴロゴロは丸いものを転がしながら店に入ってくる音だった。俺たちより一回りほど小さなそれは、縞々模様をしている。オイルやふくめんもそれを見て固まっていた。

「スイカだ」

「見りゃわかる」

「俺の大好物なんだ。ちょうどいいのが畑にあったから」

「猫はそんなもん喰わねぇぞ」

冷静な俺の突っ込みに、ラスクは雷に打たれたとばかりに両手を挙げて驚いてみせた。

「そ、そうだった……っ！」

ラスクは猫恋しくて毎晩のように通ってくるが、奴の突拍子もない行動に驚かされることも多い。

「本当に猫と一緒に暮らしてたのかぁ？」

「怪しいぜ。俺たちを騙して詐欺行為でも働こうってんじゃないだろうな」

「そ、そんな……信用してあげてくださいよ。悪いアライグマじゃないっすよ」

ふくめんはいつだってラスクの味方だ。

「う、うっかりしてただけなんだよ」

「店で喰わないでください。床が汚れます」

「それもそうだな。申し訳ない、マスター。悪気はないんだ」

「わかってますよ」

ラスクがうっかり屋だというのは、ここ数日でわかった。迷惑この上ないこともあるが、そんな時はすかさず常連の突っ込みが入る。キャラクターのおかげか、珍客に驚く猫もいたが、ちょっと変わった猫くらいの立ち位置に着くまでそう時間はかからなかった。

「マスター。次はスイカじゃなく別のを持ってくる。だから今日は……」

「ツケにしときますよ」

「助かる。ここのまたたびは妙に旨いんだよなぁ。最高だよ」

奴がカウンター席に呼ばれて座るのを、俺は黙って眺めていた。特にふくめんはラスクに懐いていて、むっちりとした躰をふみふみしては落ち着くと言っている。冬場になったら一緒に暖を取ろうなんて話もしており、俺たちを呆れさせた。

「俺たち三匹で『NNN』を正式に組織するって話、考えてくれました？」

どうやらずっと勧誘しているらしく、ふくめんは目をキラキラさせてラスクを見ている。

「そう言われても俺はアライグマだからな。猫の猫による猫のための組織って触れ込みなら、俺が入ると『猫による』って大前提が崩れて『NNN』にはならないだろう」

「じゃ、じゃあ『NNN＋a』なんてのはどうっすか？　ね、オイル」

「くだらねぇ。別に例外がいたくらいで名前変えなくていいだろ」

そこは断らないのか。

オイルまで一緒になって活動について考えているのがおかしくて、俺はヒゲの根元を膨らませた。

「でもなんでそんなに活動したがるんだ？」

「だって暗躍っすよ？　あ・ん・や・く！　スパイみたいで格好いいじゃないっすか。俺たち野良猫が、人間が気づかないうちに猫の魅力をジワジワ浸透させていくんっすよ。世界中に猫なしではいられない人間が溢れたら……くふふふ」

「お前は能天気でいいな」

「えー、ひどいよオイル。猫の魅力を世界に広める活動っすよ」

「アライグマの俺も認める猫の魅力、だもんな」

「ラスクも魅力的っすよ！」

二匹に挟まれて、ラスクは嬉しそうだった。器用な前脚で頭を掻き、照れ臭そうにしている。

「おいお前ら。いつまでもしゃべってねぇで注文しろ。マスターが困ってんだろうが」

俺が言うと、カウベルの音が重なった。情報屋だ。

「いらっしゃいませ」

情報屋はマスターに軽く前脚を挙げて応えると、近くにいる全員に鼻の挨拶をしてから俺のところにやってきた。鼻と鼻を合わせる。

「どうした？　深刻そうな顔だな」

「ええ。実はちょっと困ったことが……」

話によると、子猫が畑を囲っている網に絡まって身動きが取れなくなっているというのだ。母猫が網を喰い千切ろうとしたが、紐も一緒に躰に巻きついて抜け出せない。

「昼間からずっとなんですよ。母親とは顔見知りだから気になって……」

こいつにはいい斡旋先を何度も教えてもらった恩がある。動かないわけにはいかない。

「俺が行くよ」

ラスクがすっくと立ち上がった。『NNN』の話をしているうちにその気になったのかもしれない。「あんたは座っていい」とキメ顔を俺に見せると、まるで組織のリーダーのように振る舞う。

「情報屋とやら、案内を頼む。行くぞ二匹とも」

「『NNN』の正式な初仕事っすね!」

「何が正式なだよ。アホか」

オイルは渋々といったスタイルを保っているが、興味はあるようであっさりとついていく。四匹の背中を見送った俺は、またたびを持ってボックス席に移動した。そこにはあんこ婆さんが座っていて、煙を口の中で転がして味わっている。

「やれやれ。猫好きのアライグマなんて、おかしな生き物もいたもんだねぇ。すっかり馴染んじまってるよ」

ほっほっほっ、と笑いながら吐き出される濃い紫煙が、それそのものが生きている白い舌のように俺に伸びてきた。それはふくめんたちが残した楽しげな空気の余韻を、音もなく舐める。

「でも、人間にとっては害獣だ。そうだろう?」

あんこ婆さんは答えなかったが、俺が何を言わんとしているかわかっているだろう。それでも俺ほど深刻な顔にはなっていない。

「あいつ、やっていけると思うか？」

「さぁねぇ。世の中ってのは複雑だからね。一見順調でも、ひょんなことから脚を掬われるもんさ。なんだい？　気になることがあるって顔だね」

「ああ。実はな……」

俺はずっと抱いている懸念をあんこ婆さんに話し始めた。

暑さが俺たちをねちねちと嬲る雨上がりの午後。

俺はここぞとばかりに喚き始める蟬の声を背負って個人商店の近くを歩いていた。騒がしい人間の声にそちらを見ると、扉を開けっぱなしにしたまま井戸端会議に精を出している。よくもまぁ、話題が尽きないものだ。

俺は何か貰えるかもしれないと、塀の上で顔を洗い始めた。

『ねぇねぇ、聞いた？　またやられたって。今度はトマトよ。しかも熟れたのから食べてるのよ。ちゃっかりしてるわ』

細身の女がかりんとうをガリガリと貪っていた。他によく犬を連れている女と太っちょと腰の曲がった店主の婆がいる。

『や〜ね〜。うちのおじいちゃんもスイカをやられたわ』

『あら、山岡さんとこも? 地元のテレビ局が取材に来てたってそれ?』

『そうそう。レポーターの山田加寿子が来たわ。あんなだけど実物綺麗だったわよ〜。おじいちゃんったら、ファンになっちゃって』

『やだ、まだ現役じゃな〜い』

『元気すぎて困っちゃう。若い女に入れ上げちゃってさ』

『ボケなくていいかもよ』

あはははは……、と一斉に笑い声があがる。

『だけど本当にアライグマ?』よく犬を連れている女が、せんべいの袋に手を伸ばした。

すると太っちょが続けて袋に手を突っ込む。

『そうよ、うちの旦那が言ってた。足跡でわかるらしいわよ』

『そんなのいるんだ? だって住宅街よ』犬連れは茶を啜ったあと羊羹に手を出した。

『危険らしいわよ〜。あんなにかわいい顔なのに凶暴なんだって。見つけても手を出しちゃだめよ。犬なんて喧嘩したら大怪我しちゃうわ』太っちょも負けじと羊羹。

『やだ〜、うちの子気をつけないと』心配そうな顔をしているが、食欲は衰えない。

相変わらず騒がしい婆どもだ。俺は半分呆れながらも、情報収集を続けた。

どうやらこの住宅街の人間の間では、アライグマが出没していると噂になっているらしい。あれだけ派手に畑から喰い物を取ってくれば、それも当然だ。俺たち猫がゴミを漁っただけでも奴らは目くじらを立てるのだ。自分がこれから喰おうとしているものを横取りされたら、黙っちゃいないだろう。

『あら、あの野良またいる。あんたも大変ねぇ。こんなに暑いのに毛皮着ちゃって。ほら、これあげるから食べなさい』

俺に気づいた太っちょが、何か投げてよこした。スルメだ。すっかり顔馴染みになったのだからもうちょっといいもんをくれたってバチは当たらないだろう。だが、野良猫に贅沢は禁物だ。

俺は塀から飛び下りるとすぐに喰いついた。嚙むと濃い味が口に広がる。

『あははは。喰い意地が張ってるわね。がっついてるわ』

笑われるが、あえて無視した。お前らよりずっとマシだ。

スルメの欠片を飲み込んだ俺は、盛り上がる人間の婆どもの声を聞きながらその場から立ち去った。

「そうかい。もうそんなに知られちまってるのかい」

しみじみと、噛み締めるようにあんこ婆さんがつぶやいた。

代金として受け取られなかったスイカが、スツールの脚元に置かれたままになっている。暗がりの中に忘れ去られた球体は場違いで、独特の縞々模様にすら哀愁を感じた。

「どうする？」

「ラスクの小僧に言っても、畑を荒らすのはやめないだろうね」

「まぁな。喰いもんがありゃ俺たちだってすぐに飛びつく」

「雑食も困ったもんさね」

俺たちは黙りこくったまま、向かい合って座っていた。火をつけたまたたびは終盤を迎え、華やかな味わいに加えて微かな甘みを帯びてくる。飽きさせない味わいにハンモックで揺られているような穏やかな気持ちになった。

どのくらい経っただろうか。店の外がにわかに騒がしくなったかと思うと、ラスクたちが戻ってきた。どうやら救出は成功したようだ。声の調子だけでもわかる。

「ラスクさんのおかげです。今日は俺の奢りですから」

「すごかったっすね。やっぱりアライグマって器用っす。あ、救出成功っすよ！」

俺とあんこ婆さんへの報告も忘れず、ふくめんが状況を詳しく説明しようとした。しかし「騒ぎすぎです」とマスターに視線で窘（たしな）められ、「すんません」と耳を微かに伏せて声のトーンを落とす。それでも興奮は伝わってきた。

力を合わせて子猫救出を果たした四匹は、ボックス席へと座る。

「正式に組織して、リーダーとか決めてっ、『NNN』を全国規模にしたいっす」

ふくめんが『NNN』について熱く語ると、ラスクもその気のようで自慢げに言った。

「俺は猫の世話は得意だ」

「面倒臭ぇ」クールぶるオイルも、どこか嬉しそうだ。情報屋が上手く三匹の注文を促し、マスターを呼ぶ。

またたびが出てくるまでの間、興奮気味の会話が聞こえてきた。

「いいなぁ、その器用な指があったらデカいバケツの蓋だって開けられるっすよ。俺、あの中に人間の喰い残しが入ってるの知ってるんだ〜」

「俺が開けてやるからいつでも言ってくれていいぞ」

「やった！　ラスクがいたら百人力っすね」

「だけど爪を出したり引っ込めたりはできないだろ？　見てみろよ。俺たち猫は普段はちゃんとしまえるんだぜ？」

「そうなんだよなぁ。お前らの爪はしまえるのが格好いいな。強そうに見える」

「え、本当っすか？　ギー、ガシャーン。ギュイーン、ガシャーン」

ふくめんが爪を出したり隠したりして強さをアピールする。オイルがめずらしく腹を抱えて笑っていた。ラスクの野郎も猫に囲まれて嬉しそうで、童心に返って牙を見せる。

俺はほろ苦さを感じながら、またたびの煙を舌で転がした。

このまま時が穏やかに過ぎてくれればいいが……。

だが、被害が深刻になると人間も黙ってはいなかった。不穏な空気が住宅街に押し寄せてきたのは、太平洋の高気圧が俺たちを押し潰そうと勢力を増す夏の盛りだった。


木陰で休んでいた俺は、いつもと違う空気を敏感に感じ取って目を覚ました。

今日は朝からゴミ置き場に捨てられた弁当を漁った俺は、満足していた。唐揚げとサバの焼いたのが入っていて、久々のご馳走に腹も心も満たされている。しかし、風に乗ってくる人間の声にものものしい雰囲気を感じて、耳がピクッと反応した。昼寝の邪魔になるほど、それは不吉な匂いがする。せっかくの気分が台無しだ。

そっちに逃げたぞ——そんな声が聞こえ、俺は素早く起き上がって歩き出した。間違いない。複数の人間が獣を追っている。途中、タキシードとばったり会った。奴も俺と同じくただならぬ空気を感じて昼寝を中断したらしい。

「ちぎれ耳、お前も気づいたか？」

「ああ、嫌な予感がする」

歪んだ顎からチラリと舌を覗かせたタキシードは、俺を先導するように歩いた。奴の太い尻尾を目の前に見ながら、俺も急ぐ。人間どもの声は段々と大きくなっていき、騒ぎのもとに辿(たど)り着いた。普段は人気があまりない住宅街に、人だかりができている。作業着を着た人間の男が、捕獲網や板を持って何かを追いかけていた。肩にカメラを担いだ男とマイクを手にした女もいた。テレビ局の取材だ。

その先にいるのがなんなのか――。

「まさかあいつ……」

チラリと見えた縞々の尻尾。ギューッ、ギューッ、と鳴く独特の声。明らかに威嚇している。人間に囲まれ、窮地(きゅうち)に立たされた者の必死の抵抗。ラスクだ。

『アライグマなのは間違いないようです。カメラさん、あっち映せます？』

マイクを持った女が、カメラに向かって訴えている。

『あっ、逃げたよ！』

子供が叫んだ。ラスクの丸々太った躰が庭を横切り、物陰へと飛び込む。

『あっちあっち！　その裏にいる！　その植木の陰！』

『危ないですから近寄らないでくださーい！　特にお子さんは距離を置いてーっ！』

離れた場所から見学している婆たちの会話から、作業着の男たちが市役所というところから派遣された職員だとわかった。住民からの通報で駆けつけたらしい。

『そこの僕、危ないからこっちこっち！　ねぇ、アライグマ見た？』

『見た！　尻尾が縞々だった！』

『尻尾が？　噛みつきそうだった？』

『うんとね、ギーッって歯を見せて威嚇してた！』

　マイクを向けられた子供は、身振り手振りでいかに危険な動物だったのかを力説していた。レポーターの女も、大袈裟(おおげさ)に頷きながら話を聞いている。

『あっ、取り逃がしたようです。行ってみましょう！』

　女とカメラマンが走って職員たちを追いかけた。そちらからも、ラスクを追う声が聞こえてくる。

『ほら、そっちって言っただろう！　何やってるんだよ！　早く捕まえろ！』

『一翔(かずと)、危ないから家に帰ってなさい』

『やだ僕も見る！』

『皆さん離れてくださーい！』

『家の裏側に行ったぞ！』

　職員がそちら側に回ると野次馬たちも移動した。まるで大きな波だ。本来ここにいるべきではない者を呑(の)み込もうとしている。巨大な力の前には、どんな抵抗も通じない。

　俺とタキシードは、塀の上を歩いて波を追った。

『威嚇してるから落ち着いてからのほうがいいんじゃない?』

『あっ、今見えました! 本物のアライグマのようです! 職員の方を威嚇しているようですけど大丈夫でしょうか』

『あ、板の隙間から逃げそう』

キャーッ、と女の悲鳴が住宅街に響いた。ラスクは木に登って塀を伝い、野次馬たちの間を走り抜けていった。そのまま弾丸のような勢いで道路を渡り、別の民家へと逃げ込む。

それでも人間どもは諦めない。

『職員さーん。うちの庭にいますよー』

二階の窓から身を乗り出した若い男が、下を指差しながら叫んだ。

『ほらあそこ! 松の木の根元に隠れてますから! 縞々の尻尾が見えます!』

『危ないですから窓を閉めてくださーい!』

男は従ったが、監視は怠らない。妖怪のようにべったりと窓に貼りついて庭を見下ろしている。

人間どもは、一致団結してラスクの居場所を職員に知らせた。あの陰にいるだのどちら側から近づけばいいだの、偉そうに指示している。大勢の声――いや、意志は一つの大きな塊となって唸り声をあげ、真っ赤な口を開けてラスクに襲いかかろうとしていた。

害獣を捕まえろ。

同じ目的を持った人間の力は、周りにある何もかもを巻き込んで巨大化していく。

「なんなんだ、あいつらは……」

俺は不快感でいっぱいだった。

共通の敵を見つけた人間どもは、ある種の興奮に見舞われている。特にガキどもの発する奇声は、俺たち猫が一番嫌う音だ。耳をつんざかれる。大人たちの興奮を代弁するそれに、ラスクの恐怖もいっそう大きくなっているに違いない。

殺される。

悲痛な声が聞こえてくるようだ。

『ほら。あそこにいる！』

住宅街は騒然となっていた。ラスクは壁際に追いつめられ、絶体絶命のピンチだ。捕獲網をかいくぐって逃げようとしたが、ラスクに、その躰は白い網に阻止された。また奇声。

捕獲網に脚を取られてもがくラスクに、職員が上からのしかかる。

『噛まれないように気をつけろ！』

『よーし、よしよし。大丈夫だからな。じっとしてろ』

首根っこを押さえ込まれたラスクはギューーッ、ギューーッ、と悲痛な声をあげた。

「あいつ捕まったぞ」

「……ああ」

数人がかりで取り押さえられたら、ラスクでも太刀打ちできない。噛みつこうにも分厚い手袋をした手で首根っこを摑まれて、檻に入れられる。

だが、次の瞬間。

『——うわっ！』

ガチャン、と音がし、縞々模様が職員の間から躍り出た。それは敷地の塀に登って人間がいないほうの道路へ飛び下りる。

『逃げたっ！』

『嘘っ、せっかく捕まえたのに〜』

『逃げた逃げたっ！　アライグマが逃げたーっ！』テンションの高いガキの声。

騒がしい声に追われながら、ラスクは大通りの向こうに消える。

俺はひとまず胸を撫で下ろした。

「命拾いしたな」

「ああ、だが人間が簡単に諦めるわけがない」

タキシードの険しい顔に、俺の心に暗雲が立ち籠める。

「捕まったら殺されるんだろう？」

「多分な。あいつらは罠をしかけるぞ。猫がかかるかもしれない」

「つまり保健所行きか？」

保護活動をしている連中とは違う。そんな人間に捕まればどうなるか——。

『ちょっとかわいそうだったね』

子供の手を引きながら歩いていく母親の声が聞こえ、そちらに目を遣った。

連中のかわいそうとは、どういう意味なのだろうか。かわいそうなアライグマをわざわざ見に来たのは、どんな理由だろうか。

晴れない心に共鳴するように、分厚い雨雲が空を覆う。アスファルトにポツンと水玉模様が浮かんだかと思うと、それは一気に数を増やし、道路を黒々と染めた。

驟雨。

そいつが通り過ぎたあとも、粘着質の空気は俺たちに絡みつくのをやめなかった。湿気のせいで、毛に覆われた俺たちの不快度はさらに増す。

その日の夜、ラスクは店に姿を現さなかった。毎日のように通っていたのに、捕獲されそうになって怪我でもしたのか、恐ろしい目に遭って隠れた場所から出てくることができなくなったのか。

「ここいいかい？」

あんこ婆さんが、ボックス席から俺のいるカウンター席に移動してきた。

「昼間の騒ぎは、人間がラスクを捕まえようとしたんだってね」

「知ってたのか」

「ああ。オイルに聞いたよ」

今日の一本は、『ベガス・ネコイナ』。キューバの西部に位置するネコイナ農園――かのニャストロ議長からドンの称号を貰ったアレハンドロ・ネコイナ氏が護り続けた農園で栽培された、またたびの最高峰だ。伝統を護り抜いてきた逸品にマスターの熟成の技が加われば、俺たち猫が夢中になるのも当然だ。

柔らかで口当たりのいい煙と、ウッディな香り。中盤から姿を現すスパイシーな香りが俺たちを飽きさせず、ビターチョコのような味わいのする終盤へと誘ってくれる。

この時ほど、猫に生まれてよかったと思うことはない。

「そういや、あいつらも来てねぇな」

いつもなら二匹揃って座っているカウンター席は、今は空だった。

「一度おいでになりましたけどね。情報屋さんと三匹でラスクさんを捜しに出られたんですよ」

マスターの言葉に、俺は先ほどから落ち着かない尻の理由をようやく自覚した。それを見たマスターが、仕方ないなとばかりに笑みを浮かべる。

「そのままにしておきますよ」

「頼む」

俺はラスクを捜すことにした。スツールを下りると、あんこ婆さんに言われる。

「あいつを見つけたら、連れてくるんだよ」

頷き、店を出た。

生ぬるくて重い空気に包まれ、毛皮がさらに湿気を帯びてくるのを感じながら心当たりを見て回る。相変わらずこの時期ってのは夜になっても気温が下がらず、歩いているだけで体力が奪われる。

昼間ラスクが追いつめられた家が見えてきて、ついでに覗いた。

ここで、あいつは取り囲まれた。灯りのついた家から聞こえる団欒（だんらん）の声は、人間が放つ残酷な好奇心から発せられるのとはまったく違う。穏やかで平和な時間。

俺は再び歩いた。

そこから二ブロック離れた空き家の庭まで来た時、俺は何かの気配に気づいた。伸びた雑草の中に縞々模様を見つける。

「ラスク」

声をかけるとそれはビクッと跳ねた。あれから何時間も経ってるってのに、恐る恐る振り返る奴の表情には、恐怖と悲しみが貼りついている。

「みんなお前を捜してるぞ」

ラスクは答えなかった。再び俺に背中を向ける。畑から喰い物を盗んで喰っているラスクは相変わらずむっちりといい躰をしているが、俯いたまま動かない姿は、どこか頼りなげに見えた。

「どうして店に来ない？」

「なぁ、ちぎれ耳の旦那。俺は……どこから来たんだろうなぁ」

零れたのは、そんな寂しげな声だった。アライグマはもともと日本にはいない。人間が持ち込んだものだとあんこ婆さんから教わった。

こいつの生息地には、仲間が大勢いるはずだ。自然ってのは厳しいもんで、本来の生息場所だからといって安泰というわけでもない。しかし、たった一匹で放り出されたラスクの寂しさを味わうことはないだろう。仲間のいない生活が、どれほど孤独か。

「……俺は、害獣なんだとさ」

嫌な言葉だ。

こいつは環境に順応しただけだってのに。生きようとしているだけなのに。

俺は奴の隣に腰を下ろし、顔を洗い始めた。人間なんかの言葉に傷つくことなんてないのに、ラスクは肩を落としている。

「畑を荒らしたから、当然そうなるな」

「そうか」

「俺たち猫をそんなふうに言う奴もいる。糞尿被害だとさ。人間もうんこくらいするだろうに。俺たちだってちゃんと砂かけしてる。理不尽だよなぁ」

「でも、俺は盗んだ」

確かにそうだと、軽く笑った。

そうだ。こいつは盗みを働いた。俺も時々やる。

一番大きな獲物は、買い物袋の中にあったサバだった。おしゃべりに夢中になっている婆を横目に、こっそりいただいた。退散するのと同時に見つかって滅茶苦茶に怒鳴られたが、あの時は気分爽快だった。

「俺たちは生きてちゃ駄目なのか？」

ラスクに聞いても意味はない。それでも問わずにはいられなかった。ラスクは少し驚いた顔で俺を見ている。

昼間の騒ぎを思い出して、俺の中の焔(ほむら)が赤い舌を翻(ひるがえ)した。蘇(よみがえ)るのは、ラスクを捕獲しようとする者とそれを応援する者の声だ。

気をつけて。危ないですから窓を閉めてください。嚙まれないように。特にお子さんは距離を置いて。

奴らは人間同士気遣っていた。思い遣りすら見せた。なぜ、アライグマにはそれを向けてやれないのだろう。

ラスクが日本にいるのは、人間のせいだってのに……。

それを口にすると、ラスクはまた弱気を吐露する。

「でも、ここは俺が本来いるべき場所じゃないのは確かだ」

「だから駆除されて当然なのか？　え？」

「そう怒らないでくれよ。俺だって、そんなふうに言われたくない」

「お前が怒らないから俺が代わりに怒ってる」

「優しいんだな」

どっちがだ。怒らないお前のほうが優しいに決まっている。

段々苛ついてきて、俺はますます毛繕いに夢中になった。後ろ脚を上げ、股の間の毛を整えてキンタマを綺麗にし、肉球も全部手入れする。こびりついた汚れがなかなか取れない。

沈黙が続いた。肉球を舐める湿った音だけがしている。俺があらかた手入れを終える頃、ラスクの口から寂しさが溢れ出た。

「……あいつらに会いたいなぁ」

声が震えていた。奴に視線を遣った。尖った鼻も器用な前脚も太い尻尾も、俺らとは似ても似つかない。

『俺はアライグマだが、自分を猫だと思っていた時期もある』

出会ったばかりの頃にこいつが零した言葉が蘇る。

「仕方ねぇな。一回だけだぞ」

「！」

俺はラスクの顔を舐めてやった。かつてこいつが一緒に暮らしてた猫がしていたように、毛繕いをしてやる。さすがにこっぱずかしくてふみふみまではやらないが、それでも多少の慰めにはなるだろう。俺たち猫のざらついた舌は、毛繕いにはうってつけだ。目の周り、鼻、額、耳。丹念に舌で汚れを取っていると、母親にされているようにラスクはじっとおとなしくしていた。

さらに頭の後ろ、耳の後ろと続け、また鼻先へ戻る。

「コロネ……、ピロシキ……、……ロゼッタ……ッ、……ママ、パパ。……もう一回、会いたい。みんなで……また、運動会……したい」

安全で快適だった家。一度その味を覚えると、忘れられないもんだ。俺はいい。もともと野良だ。それでもたった一人心を通わせた婆ちゃんを思うと、胸の奥がギュッとなることがある。

こいつがどんなふうに人間に追いかけられ、追いつめられたのか、もとの飼い主に教えてやりたい。

「忘れろ。全部忘れろ」

俺はせっせと毛繕いを続けた。こんなおっさんがやっても嬉しいらしい。ポロポロと涙を零し、人間の手に似た前脚で拭った。濡れた前脚も舐めてやる。

乱暴すぎたのか、ラスクが泣きながら少しだけ笑って俺を制した。

「元気出たか?」

「ああ、出たよ。元気になった」

「そらよかった。じゃあ店に行くぞ。今日はいいまたたびを吸え。そしたら少しは気分も晴れる」

俺はCIGAR BAR『またたび』へと歩き出した。けれども、足音が追ってこない。

振り返ると、ラスクはその場から一歩も動いていなかった。

「なんだ、行かねぇのか。あんこ婆さんにお前を連れてこいって言われてるんだ」

「俺がいると、お前らにも迷惑をかける」

俺は鼻をしかめた。決意を感じさせる立ち姿に、奴が何を考えているのか想像できる。

「あの店まで人間が押し寄せてきたら、俺はなんて詫びたらいいのかわからない」

「行くのか?」

さよならも言わずに。

全部言葉にしなかったが、俺が何を言わんとしているか察したらしい。

「別れがつらくなる。見送られるのはもう嫌なんだ」

それは、家から連れ出された時の記憶と関係しているのだろうか。猫三匹が窓から見ていたと言っていた。また同じことを繰り返したくないのかもしれない。

「人間のいない深い森を探すよ。俺は雑食だから、いろいろ喰えるんだ。森の中なら生きていける。住宅街じゃなくても、多分飢え死にしない」

寂しくはないのか。こんなに猫が好きなお前が、一匹で生きていけるのか。

聞きたかったが、こいつの決意をぐらつかせそうでやめた。とめられない。俺にそんな権利もない。

だがその時――。

「ラスク！」

ふくめんの声がした。ラスクが弾かれたように顔を上げる。

「どこ行くんっすか！　住宅街を出るつもりなんっすか！」

ずっと捜していたのだろう。まさかこのタイミングで見つけちまうなんて、執念のたまものといったところか。ラスクを想う心がこいつを呼び寄せた。

「ふくめん。すまない、もう決めたんだ」

「嫌っすよ！　そんなの嫌っす！　冬になったら、一緒に団子になって寝るって約束したじゃないっすか。俺っ、楽しみなんっすから。『ＮＮＮ』の活動だって……っ」

ラスクの前まで駆けてきたふくめんは、目に涙を溜めている。

純粋な訴えに、黙ってラスクを行かせようとした自分を恥じた。聞き分けのいい大人のふりをして、気持ちを伝えるチャンスをこいつらから奪おうとしていたのかもしれない。

「なんか言ってくださいよ。約束破るんっすか！　ねぇ！　なんとか……っ」

「もう、怖いんだよ。人間が」

その言葉に、ふくめんが息を呑んだ。ラスクは飾ることなく、そして大人ぶることもなく、もう一度繰り返す。「怖いんだ、人間が……」

決意を伝えるのに、これ以上言葉はいらない。

遠くから複数の猫の足音が聞こえてきた。オイルだ。あんこ婆さんとマスター、情報屋も連れている。ラスクがこの土地を去る可能性を考えて、連れてきたようだ。若いのに気が利いてやがる。

「猫はスイカ喰わないぞ！　忘れんな！」

「子猫を助けてもらったこと、忘れないです。あなたは『NNN』の一員です」

「お前ら……」

みんながラスクの前に並んだ。マスターが一歩前に出てまたたびを一本差し出す。

「これ、餞別です」

「いいのか？」

「自慢のまたたびを泥水で洗ったのは、あなたが初めてでしたよ」

懐かしそうに目を細めるマスターに、ラスクはバツが悪そうに受け取ったまたたびを撫で回した。

「す、すまない」

「あなたは猫ではありませんが、いいお客様でした」

マスターの言葉にラスクがハッとなると、あんこ婆さんが優しく声をかける。

「気が向いたら、戻ってきていいんだよ。またいつかね」

またいつか。

そんな日が来るかどうか、俺にもわからない。二度と会えないかもしれない。だが『さよなら』なんて言葉より、『またいつか』と見送るほうが優しい。

「それから、もう一匹あんたを案じてるのがいるって覚えときな」

あんこ婆さんの視線の先には、タキシードがいた。少し離れた塀の上から俺たちを見ている。

「ふん、格好つけやがって。マスターが店を他の客に頼んだ時は『俺は関わらない』って顔で座ってやがったくせに……」

奴との出会い方が悪かったオイルは、鼻を軽く鳴らした。仕方のない奴だ。

せっかくこの面々と親しくなれたってのに決意は変わらないらしく、ラスクは「それじゃあまたいつか」と言って歩き出した。

「いつか遊びに来てください！　待ってるっす！」

その背中を、ふくめんの涙交じりの声が追いかける。

静まり返った住宅街。月明かりの中をポツンと歩いていくラスクの姿を見ていると、俺は失うことへのどうしようもない哀感をそそられた。

人間の愛情が欲しいのに、猫との生活を望んでいるのに、一匹だけで立ち去らなければならないアライグマがいたことは忘れない。俺がちゃんと覚えといてやる。

その姿が角の向こうに消えても、誰も店に戻ろうとはしなかった。蒸し暑い空気に乗ってくるのは、遠くで轟(とどろ)かされるバイクの爆音。近くの草むらでジー……、とケラが鳴いている。

俺は自然の声に耳を傾けながら願った。

せめてあいつが住みやすい森を見つけられるといい。安心して暮らせる場所を……。

# 第五章

# ゆみちゃんと ちゃーちゃん

夏に置き去りにされた蝉の死骸が、玄関ポーチにポツンと落ちていた。

我が物顔で喚き立てていた奴らも、このところ腹を出して転がっていることが増えた。近づくとジジジジジッ、とすごい音を立てるが二度と飛び立つことはなく、地面の上で背泳ぎを繰り返すだけだ。

夏の間、七日間だけの限られた地上での命を生き抜いた連中が潮が引くように消えていく。だが、もの悲しさを感じている場合ではなく、俺は今日も狩りにいそしんでいた。

「くそ、逃がしちまった」

俺はまだ元気に動いているトカゲの尻尾を咥えたまま、己の愚鈍さを呪った。尻尾に集中するのは悪い癖だ。丸まっては伸びるを繰り返すそいつの動きは、俺たち猫の狩猟本能を刺激する。つい、動きのいいほうに気を取られてしまうのだ。何度同じ失敗をしただろう。

丸々太った本体を逃した俺は、まだ動き続けるトカゲの尻尾をどうするか考えた。こいつをまたたびの支払いに回すか、ここで喰ってあとひと踏ん張りするか。考え、もう少し狩りを続けることに決めた。この季節は餌に事欠かない。尻尾なんて出したら牡が廃るってもんだ。

少し弱り始めたそいつを奥歯で噛み、丸呑みする。さて。

次の獲物を探そうと周りを見渡すと、草むらの中でカサリと音がした。ほら見ろ、獲物は他にもいる。

俺は軽く伏せながら、音に集中した。いた。トカゲだ。さっきのよりさらに大きい。ヒゲをピンと前に向け、獲物との距離を測る。

ただならぬ気配を感じたのか、奴はレンガに脚をかけたまま動かなくなった。少し先に、窪みがある。あそこに逃げ込まれたら厄介だ。

ピクリとでも動いてみろ。飛びかかってやる。俺とトカゲとの真剣勝負だ。

ジジッ、と近くで蟬が鳴いた。

その瞬間――。

カサカサッ、と音を立ててトカゲが雑草の間をすり抜けていく。逃がすものか。

俺は前脚で奴を取り押さえた。暴れるが、ガブリと噛みついて仕留める。尻尾が切れる前に息の根をとめてやった。

勝利の女神は俺に微笑みかけている。

絶命したトカゲはまだ温かく、命の息吹を感じた。弱肉強食。俺が喰うのは、生きるためだ。

白黒のデカい顔が、カウンター席にあった。タキシードの奴があんなところに座っているのはめずらしい。オイルとふくめんの姿はなかった。黙って奴と鼻の挨拶をすると、隣に腰を下ろす。

ＣＩＧＡＲ ＢＡＲ『またたび』は、今日も海の底で眠る難破船のように哀愁に沈んでいた。もの悲しく、それでいて優しく語りかけてくるのは、誰の歌だろうか。しばらくその懐に抱かれる。

「お前、何吸ってる?」

「コイーニャだ。やっぱりこいつは間違いないな」

「同じのを……」

マスターは黙って頷き、熟成されただろうそいつを俺の前に出した。獲ってきたばかりのトカゲで支払いを済ませる。

やはりあの時、尻尾を喰ってもう一度狩りに挑んだのはよかった。こいつの前でしみったれた支払いなどしたくない。思わずそんな見栄を張ってしまう自分に呆れながらも、同時にまだ若さが残っているのを実感した。

シガー・マッチの炎がまたたびを目覚めさせると口に含み、たっぷりの紫煙で口の中を満たした。人間のガキに昼寝を邪魔されたことも、庭を横切っただけでシッシと嫌な音を立てて追い払われたことも、うっかり泥水を踏んで肉球が汚れたことも、こいつが全部忘れさせてくれる。

またたびが誘う大人の時間に酔いしれ、なんとはなしに隣を見た。

喧嘩の後遺症で微かに顎の曲がったタキシードは噛み合わせが悪いのか、紫煙が右側からたくさん出ている。

「なんだ。そんなに俺の顎がおかしいか」

「いつの怪我だ？」

「若造だった頃の話さ。お前こそ、その耳はいつやられた？」

「若造だった頃だよ」

タキシードは口元を緩めた。こいつがこんなふうに笑うなんて意外だ。こいつとこうしてじっくりとまたたびを吸うなんて初めてで、久々に味わう感覚が懐かしい。片目がいなくなってからというもの、忘れていた。オイルもふくめんも、言葉なしに語り合う相手としては若すぎる。

経験ってのは、俺たちから言葉を奪う。

その時、カウベルが優しく空気を揺らした。あんこ婆さんだ。今日は見慣れない若い牝を連れている。二匹はあんこ婆さんの指定席になっているボックス席に向かい合って座った。

「誰だ、あの嬢ちゃんは」

「さぁな。二、三日前にも一緒にいるところを見たから、知り合いなんだろう？」

タキシードは一度だけ振り返ると、再び前を向いて背中を丸めた。

あんこ婆さんが連れてきたのは、避妊をされた白茶の牝猫だ。白の割合が多く、刷毛(はけ)でペタペタと適当に絵の具を乗せたような模様をしている。尻尾は短めの鍵尻尾だ。なかなかのべっぴんで、若い連中は浮き立つかもしれない。テーブルに揃(そろ)えて置かれた小さい前脚から、半外飼いか最近野良になったばかりとわかる。

ラメの入った赤い首輪がまぶしい。

「世間擦れしてねぇ顔だな」

「聞こえたよ。この子にちょっかい出したら、あたしが許しゃしないからね」

「冗談だろ」

そんな気は微塵(みじん)もないが、あんこ婆さんがバックについてるとなりゃ、誰も手なんか出せないだろう。俺は肩を竦(すく)めた。

「ちぎれ。ちょっと来とくれ」

あんこ婆さんに呼ばれれば行くしかない。俺はまたたびを持ってボックス席に移動した。目の前に俺のように猫相が悪いのが来ても嬢ちゃんは驚かない。ちょこんと座ったまま、俺を見ている。

「嬢ちゃん、見ねぇ顔だな」

「ちゃあこて言います。こんばんは、ちぎれ耳のおじちゃま」

おじちゃま。

俺はお育ちのよさそうな嬢ちゃんに、なぜこんな場末のバーに脚を運んだのかと首を傾げた。

「もと飼い猫さね」

「なんだ、捨てられたのか」

また身勝手な人間の被害に遭ったのかと、俺は少々うんざりだった。人間の気まぐれに振り回される猫を今まで何度見てきたことか。猫だけじゃねぇ。あのラスクだってそんなペットの一匹だ。

しかし、ちゃあこと名乗った若い牝は、穏やかな顔で首を横に振る。

「捨てられたんじゃないのよ、おじちゃま。ちょっと複雑な事情があるの」

「そりゃよかった。ところでその『おじちゃま』ってのはやめてくれ。むず痒くて仕方がない」

「でも、あたしよりずっと歳上なんだもの。おじちゃまでしょ？」

お育ちのよさは筋金入りのようだ。無理強いするのも逆によくないと、俺は「悪かった」と言い、好きに呼んでいいと伝えた。

「嬢ちゃんもまたたびの味がわかるのか？」

「う〜ん、そうでもないわ。あたしが貰っていたのは粉だったもん」

すべての猫がまたたびに夢中になるとは限らない。若いのや牝は深く酔わないと言われている。個体差はあるがその傾向なのは間違いなかった。

この店の客層がオヤジ中心だというのも納得できる。またたびに餌をつぎ込んでしまうのも、後先考えないからだろう。

牡ってのは愚かな生き物だ。

「でもいい香り。マスターさん、とっても丁寧なお仕事されてるのね」

「恐縮です」

マスターも少々緊張気味だ。牡として意識しているのではない。まるで俺たち野良猫の手の届かないところにいる飾り物を見るみたいに、扱いに困っている。常連はグレたのや俺のようなオヤジがメインだ。

あんこ婆さんだってただ者じゃない。

本来はガラスのケースに入れられていただろうそれを持て余したところで、マスターが牝慣れしていない初心な猫というわけでもない。

「あっちにいる顎のおじちゃまはお怪我されたの？」

俺は思わずプッと吹き出した。顎のおじちゃま。そりゃねぇだろうと思いながら奴を見ると、恨めしげな視線を俺に送ってくる。笑ったのは失礼だったか。だが、おかしいもんはおかしい。

「俺はタキシードだ。顎は喧嘩の怪我でな……。お嬢ちゃんはどうして婆さんなんかとこんなところにいる？」

スツールをくるりと回してこちらを向きながら、危険な台詞（せりふ）を吐く。俺はあんこ婆さんを一瞥（いちべつ）した。

言うねぇ——口元にはそんな笑みが浮かんでいる。

「丘の上にあるおうちで、ゆみちゃんって女の子と暮らしてたのよ。あとお母さん。二人と一匹暮らし」

「その家なら知ってるぞ。デカい家だ。あそこに住んでたのか？」

タキシードの問いに、嬢ちゃんは頷いた。

あの辺りは滅多に行かないが、俺も知っている。住宅街の中ではなく、一軒だけ外れたところにあり、人間同士の交流もあまりないようだ。

「ゆみちゃんのお母さんは小説家で、お金持ちだったのよ」

「だった？」

「そう、死んじゃったの」

なるほど、少しずつ呑み込めてくる。

完全室内飼いの最大のリスクは、飼い主の突然死だ。年寄りが先に逝くこともあるし、まだ働き盛りの若いのが逝くこともある。どちらにしろ、ペットにとっては大きな転換期となるだろう。

引き取り手があればいいが、残されたペットがどうなるかは運次第。すべての飼い主が、自分が死んだあとの準備をしているとは限らない。理解ある人間が身近にいれば新しい飼い主を探してくれるだろうが、そのまま保健所行きという場合もめずらしくはない。

「死んだのはおふくろさんだけなんだろう？　ゆみちゃんはどうした？　小さいのか？」

「う〜ん、どうかな。学校には行ってるけど、周りのお友達より心はずっと幼いわ。えっと……なんだっけ。確か、ダウン症って言ってた」

「ダウン症？」

聞いたことのない単語に、俺は首を傾げた。タキシードも知らないらしい。目が合うと首を横に振る。

「精神遅滞だね。人間は障害とも言ってる。生まれつき怪我してるようなもんだよ。人間ってのはそれを障害って言うのさ」

「怪我か……。俺の耳みたいなもんか」

「ま、似たようなもんさね。ここまで育っちまったら飼い主を探すのは大変だろうけど、ちぎれ、あんた斡旋してやんな」

「なんで俺が……」

「こんなお育ちのいいお嬢ちゃんを放っておけるわけないだろ」

ちょこんと座って俺とあんこ婆さんの顔を交互に見ながら話を聞く嬢ちゃんの無垢な視線に晒されていると、責められている気分になる。これを放っておくほど無慈悲な牡ではないだろう、と……。

「タキシード。お前も協力しろ」

俺は犬公のいる家に子猫を斡旋した時のことを思い出した。

こいつは歪んだ顎の持ち主だが、意外にお節介なところがある。子猫斡旋をするくらいだ。嬢ちゃんに対しても、元来の気質を発揮するに違いない。

「俺を巻き込むな」

「レディが困ってるのを放っておくのか?」

「何がレディ……」

言いかけて、日暮れとともに闇に塗り込められる路地のように言葉は消えた。嘆息し、負けたとばかりに吐き捨てる。

「トレーんとこはもういっぱいだぞ。お前が二匹も連れてきやがったからな」

嫌みを口にするのは忘れないが、腹を括った奴の言葉は頼もしかった。

「仕方ない、協力してやるよ。しかしお嬢ちゃんなら公園に行ってかわいい声でおねだりすれば、すぐに拾ってもらえるんじゃないのか?」

「ゆみちゃんみたいな人ならいいけど、人間の中には近づいちゃいけない人もいるのよ。虐待目的で連れていく猫さらいがいるんだって」

なるほど、しっかりしてやがる。その辺の若造に比べてずっと賢い嬢ちゃんだ。

「よくそんなこと知ってるねぇ」

「ゆみちゃんのお母さんから教えてもらったの。ゆみちゃんもすごく怖がって私を護るって言ってくれたわ」

何度も出てくる「ゆみちゃん」という名前に、嬢ちゃんがいかにかわいがられていたのかわかる。どんな人間だと聞くと、嬉しそうに話し始めた。

ゆみちゃんは特別支援学校へ通っていた。歳は十二。心は実際の歳よりずっと幼かったが、ちゃあこにとっては一番の友達だ。

『由美ちゃ〜ん、もう時間よ〜。ほら、支度して』

毎朝ゆみちゃんが学校に行くのを、ちゃあこはいつも玄関から見送っていた。学校まではお母さんが送り迎えするため、手を繋いで一緒に玄関を出る。

『由美ちゃん、ハンカチ持った？　ティッシュは？』

『えっと……これ……と、……これ』

ゆみちゃんはおしゃべりがあまり上手ではなかった。恥ずかしがり屋でいつもはっきりとは言わない。『イエス』の時ははにかんで笑い、『ノー』の時は首を傾げる。ちなみにとても満足なイエスは満面の笑みで、とても不服の時は眉間にシワが寄る。

表情の違いでゆみちゃんが何を言いたいのか、ちゃあこにはきちんとわかっていた。

ハンカチもティッシュもちゃんと持っている。

『どっちもあるわね。はい、準備完了』

それを確認すると鞄を斜めにかけて靴を履くのだが、その間もちゃあこはちょこんと座って眺めていた。ゆみちゃんも準備をしながら時々ちゃあこがいるのを確かめる。そんな一人と一匹を見る時のお母さんは、とても嬉しそうだ。

『それじゃあ行こうか。ちゃあこにも行ってきますってして』

お母さんと手を繋いだゆみちゃんが、ちゃあこに手を振るのも日課だった。

「行ってらっしゃい。ゆみちゃん、早く帰ってきてね！」

『いって……、き……ま……』

『はい、ちゃあこちゃん行ってきまーす、バイバーイ』

『……ちゃーちゃん、……いって……き、まーす』

「行ってらっしゃーい」

玄関の扉が閉まると急いで道路側の出窓へ向かい、外を眺める。車庫から出てきた紺色の車に大好きなゆみちゃんが乗っていることを、ちゃあこは知っていた。窓に顔を近づけてその姿を確認する。ゆみちゃんのほうもちゃあこがそうしてくれるとわかっていて、車の窓を開けて手をぶんぶんと振った。

「行ってらっしゃーい、バイバーイ。早く帰ってきてねー」

車が角を曲がってゆみちゃんの手が見えなくなると、ちゃあこは出窓から下りて家の中をトコトコと歩いた。落ちているネズミのおもちゃを前脚でチョイと引っかけるとチュッ、と音が鳴る。チュッ、チュッ、チュッ。

音に刺激され、ちゃあこは軽い猫パンチをネズミに加えた。チュッ、とまたネズミが鳴く。さらに飛びついてかぶりついた。

チュッ、チュチュッ、チュッ、チュチュチュチュチュチュチュ……ッ。

後ろ脚で猫キックをすると、誰もいない部屋にネズミの声が響く。蹴れば蹴るほどネズミが声をあげるのが楽しくて、一度離れてまた飛びつく。ネズミがぴょーんと大きく跳ね、落ちたそれをでんぐり返しをしながら捕まえた。

だけど、そんな遊びもすぐに飽きてしまう。

「あ〜あ、ゆみちゃんがいないとつまんない」

しばらくすると聞き慣れた車の音が聞こえ、玄関の扉が開いた。お母さんが一人で帰ってくる。そうだ、ゆみちゃんは今学校に行ったばかりだった。帰宅時間はちゃあこのお昼ご飯の前だ。

『ただいま、ちゃあこ。由美ちゃんの学校が終わるまで仕事してるから、あなたはお昼寝でもしてなさい』

撫でられ、仕事部屋に向かうお母さんの足に擦り寄りながら階段を上った。ゆみちゃんがいない間は、ほとんどの時間をそこで過ごす。

猫ベッドに躰を横たえるとカタカタと仕事をする音が聞こえてきて、ちゃあこは段々眠くなってきた。お母さんは一度仕事に取りかかると、呼んでも返事をしない。集中してチャイムの音に気づかないこともあるくらいだ。

退屈な時間は寝て過ごすに限る。

カタカタと鳴る音にまどろみながら、寝たり起きたりを繰り返す。

それからどのくらい経っただろう。お母さんが動く気配がした。仕事の手をとめたのを見て、ゆみちゃんのお迎えの時間だとわかる。

『ちゃあこ、お留守番しててね。由美ちゃんを迎えに行くから』

「うんっ！　早く帰ってきてね！」

お母さんの足に擦り寄りながら玄関まで見送りに出たあとは、またネズミのおもちゃで遊んだ。家中をウロウロし、キャットタワーの上に登って窓から外を見る。フラワーボックスのところに雀がいた。すぐ近くだ。座って凝視する。

雀は家の中にいる猫がどう頑張っても自分に届かないとわかっているのか、余裕の態度でしきりにチュンチュンと鳴いていた。野性の本能が刺激され、ヒゲがピンと前を向く。

そうしていると車庫に車を入れる音が聞こえてきて、玄関の外で物音がする。

「あ、ゆみちゃんが帰ってきた！」

ちゃあこが立ち上がるのと同時にパタパタ……ッ、と雀が飛び立った。キャットタワーから下りて、ゆみちゃんとお母さんを出迎える。

『ちゃあこ、ただいま～』

「お帰りなさい、ゆみちゃん！」

『ちゃーちゃん、……ただ……いま、……ちゃーちゃん』

「お帰りなさい！」

お気に入りの猫じゃらしを咥えて持っていくと、すぐに相手をしてくれた。手を洗うのを忘れていたため、お母さんが優しく諭す。

ゆみちゃんが手を洗っている間、ちゃあこは嬉しい気持ちを抑えきれずに段ボール製の爪研ぎで爪を研いだ。尻を振りながら全身を使ってガッガッガッ、と音を立てると、さらにテンションが上がる。

『由美ちゃん。ちゃあこにご飯あげるから手伝って』

『ちゃーちゃんのごはん。……ゆみがあげる。ちゃーちゃん、ごはん』

「え、ごはん？　ごはん食べる！」

お母さんがキッチンでご飯の準備をするのを、ゆみちゃんは傍で見ていた。もちろんちゃあこもだ。楽しくて、尻尾の動きがとまらない。

「ゆみちゃん、あたしトッピングいっぱいがいいわ！」

『おかあさん……もっといっぱい。……あのね……それ、もっといっぱい』

『あら、トッピングはもうたくさん乗せたわよ。ほら、これでいいでしょ』

『うーんっとね、……うーん』

『あとちょっとなの？』

『うん！』

元気な返事に、お母さんはいつもより少しだけ多くトッピングを乗せてくれた。

『由美ちゃん。ちゃあこのご飯これでいい？　あんまりトッピングばかりあげると、栄養のバランスが悪くなって病気になるわ』

ゆみちゃんはよくわからないと首を傾げるが、そんな時もお母さんは焦らずゆっくりと反応を窺う。

『由美ちゃんだってお菓子ばっかり食べちゃ駄目でしょ』

『おかし……だいすき。おかあさんもね、ちゃーちゃんもね……だいすき』

『お母さんも由美ちゃんが大好きよ～』

お母さんがギュッと抱き締めて躰を揺すると、ゆみちゃんはコロコロと笑った。そんな時のゆみちゃんを、ちゃあこはとてもかわいいと思う。目が細くなり、丸い顔がもっと丸くなる。声も綿飴(わたあめ)のように優しくちゃあこを包んでくれるのだ。

『はい、じゃあこれ。ちゃあこにあげて』

『は～い。ちゃーちゃん、……ごはん、はい』

トッピングのたっぷり入ったご飯の器がいつもの場所に置かれると、ちゃあこはすぐに顔を突っ込んだ。その間、ゆみちゃんは必ず見ていてくれる。顔を上げると、目を細めて笑った丸い顔があるのだ。時々そうしてゆみちゃんを確認するのが、ちゃあこが一番安心する食べ方だった。

また、ブラッシングもゆみちゃんの役目だ。痛くないかちゃあこの反応に気をつけながら優しく躰を撫でてくれる。お母さんよりも上手だった。

「ねぇ、ゆみちゃんはブラッシング上手ね。あたしとっても気持ちがいい」

『ちゃーちゃん、……きれいきれい、する。きれいきれい』

『来週は旅行だもんね。たくさんブラッシングしとこうね』

前から計画していた旅行がようやく実現するのは、ペットも連れていける旅館を見つけたからだ。それまではちゃあこをペットホテルに預けるのが嫌だと言って、ゆみちゃんは首を縦に振らなかった。

『よかったわね、ちゃあこも一緒に行けて』

『うん』

ゆみちゃんが楽しそうなのがちゃあこにも伝わってきて、行き先はわからないが、ワクワクしていた。ゆみちゃんが連れていってくれるのは、素敵なところだと信じられる。

けれども、旅行は実現しなかった。

『それじゃあ由美ちゃん、宿題しててね』

出発の前日、お母さんはゆみちゃんがリビングでお絵かきをしている間に準備を済ませようとベッドルームに入り、それきり出てこなかった。家の中が静まり返っていることに気づいたのは、ちゃあこがお腹が空いたと催促したからだ。

『おかあさん。……おかあさん、どこ？　ちゃーちゃん、ごはん』

お母さんを捜してベッドルームに入ったゆみちゃんは、はたと立ちどまった。息を呑んだのが、足元にいたちゃあこにもわかる。

「どうしたの、ゆみちゃん」

ゆみちゃんが恐る恐るといった感じで近づいていったが、お母さんは動かない。ちゃあこが俯せの背中に乗ったが、軽く爪を立てて洋服を掻いても反応しなかった。寝ているだけのようだがどこか様子が違う。

『……おかあさん、……おか……さん……』

ゆみちゃんは部屋をウロウロし、立ちどまってはお母さんを見た。そして、とうとう泣き出してしまう。尻尾を立てて鼻を擦りつけても泣きやまない。

なんとなく恐ろしいことが起きているのはわかったらしく、ゆみちゃんはリビングへ逃げ込んだ。ちゃあこもそれを追う。テーブルについてクレヨンを手に取ったが、お絵かきはまったく進まなかった。そして、指しゃぶり。不安な時に出るそれは悪い兆候だ。ベッドルームのあるほうを気にして何度もそちらを見ている。

「ゆみちゃん、お腹空いた。ゆみちゃん、ごはん頂戴」

ちゃあこが何度も訴えると、ゆみちゃんはもう一度だけベッドルームを覗いた。

『おかあさん、ちゃーちゃんの……ごはん……』

ドアのところで言うが、近づくことができずにその前でしばらく眺めてから、またリビングに戻る。けれどもちゃあこを見て、なんとかしなければと思ったのだろう。

ゆみちゃんは鞄の中に入れていたビスケットを取り出すと、小さく割ってちゃあこの鼻先に差し出した。バターの香りがするそれは、空腹のちゃあこにとってはご馳走だ。

「美味しい！　ゆみちゃん、もっと頂戴」

ビスケットの欠片をペロリと平らげたちゃあこが催促すると、また欠片を乗せた手が鼻先に出てくる。それもすぐに平らげ、手のひらに残ったバターの香りに思わずペロペロと舐めた。ゆみちゃんがやっと笑ってくれる。ふうわりとした雲の上にでも乗っている気分だ。ゆみちゃんの笑顔は、いつもちゃあこを幸せにする。

その日の夜、一枚だけ持っていたビスケットはゆみちゃんと半分こにした。

「そうだったのか。大変だったな」

俺の気持ちを代弁するように、タキシードの奴がしんみりとした口調で言った。またびの煙もいささか元気がない。ゆっくりと漂い、消えていく。

「お嬢ちゃんとゆみちゃんってのは、ずっと家の中で助けが来るのを待ってたのか」

「そうよ。旅行の予定だったから、学校の先生やお友達も誰も気づかなかったの」

人の死をまだよく理解できないゆみちゃんが、どうやって嬢ちゃんと一週間過ごしたのか。考えると切なくなる。

これまで何度も見てきた。飢えた猫。凍えて死んだ猫。水路に落ちて流された猫。人間に連れていかれた猫。隙あらば、死は黒い大きな口を開けて油断した者を丸呑みしようとする。

それまで遠くからこちらを眺めていたそいつは、いきなり足音を忍ばせて接近してくるのだ。それは飼い主を失った猫にとっても同じだ。いつ餌食(えじき)になるかわからない。

だが、一人と一匹。こいつらは生き延びた。それなのに——。

「大人が助けにきたんだろう？　だからお嬢ちゃんは家から出られた。なのにどうしてこんなところにいる？」

タキシードがまた俺を代弁した。

「だって急に来たんだもの。びっくりしちゃっておうちを飛び出したの。しばらくして戻ったら知らない人がいっぱいいて、ゆみちゃんを連れていっちゃった」

ゆみちゃんが保護されたのは確かなようだ。それはよかった。だが、ちゃあこだけが気づかれないまま置き去りにされた。

「……ゆみちゃんに会いたいな」

ポツリと零(こぼ)された言葉は、静まり返った水面に落ちた一滴の雨粒だ。それは音もなく広がり、俺の心を揺らす。

会いたい相手がいるというのは幸せなようで、時折寂しいものだ。俺が唯一懐かしく思う相手は、夢の中だけでしか会えない。

「気持ちはわかるけど、現実も見なきゃだよ。斡旋先は探してやるけど、見つかるとは限らないんだ。自分でも餌を獲れるようにならないとね。それに毛繕いだって自分でできるんだから、ゆみちゃんって子のことは忘れて逞しく生きなきゃね」

「そうね。あんこお婆ちゃんの言うとおりだわ。でもね、ゆみちゃんのブラッシングは違うの。全然違うのよ。本当に違うんだから」

切実に訴えてくる姿を見て、ゆみちゃんってのが嬢ちゃんにとってかけがえのない存在なのだと思い知らされた。ゆみちゃんのこととなると、嬢ちゃんは夢中で話す。

どんなふうに世話をしてくれたのか、嬢ちゃんにとって大事なことらしい。

トイレが汚れていた。

ベッドルームでお母さんが倒れてから丸一日。ちゃあこは猫トイレを覗いてすぐに踵を返した。いつもお母さんが片づけてくれていたが、今はゆみちゃんしかいない。

ちゃあこは困り果てた。

「あんなところじゃできない」

どこか快適に用を足せる場所がないかと探し、リビングのソファーを見つける。本当は使い慣れたトイレがよかったが、今朝からずっと我慢している。これ以上待ってもトイレは綺麗にはならないだろうと思ったちゃあこは、ソファーの隅でおしっこをした。

『あ!』

ゆみちゃんが気づいて声をあげたが、もう遅い。前脚でクッションを掻いて隠す。

『おかあさん……、ちゃーちゃんが……おしっこ』

ゆみちゃんはお母さんを呼びに行った。困ったことがあると必ずててて……、と駆けていき、お母さんに報告する。けれども戻ってきたゆみちゃんの表情は険しかった。やはりあのままのようだ。

『ちゃーちゃんがおしっこ……もらし……た、おかあさん、ちゃーちゃんが……』

こんなに不安な声で呼んでも物音一つしない。ゆみちゃんは眉をひそめた。顔が段々とくしゃくしゃになっていき、とうとう涙が零れる。

『おかあさん……、おか……さ……っ、おかあさーん』

我慢できずにソファーでおしっこをしたちゃあこは、自分のせいでゆみちゃんが泣いてしまったのが悲しくなった。昨日から大好きな丸い顔をほとんど見ていない。

「ごめんね、ゆみちゃん。泣かないで」

何度も鼻を擦りつけると、ようやくいつものように撫でてギュッと抱っこしてくれる。粗相をしたのに、ゆみちゃんは怒ったり叩いたりしなかった。悲しそうな、困ったような顔でソファーを見るだけだ。しばらく考えたあと、思い立ったようにくるりと踵を返してバスルームへ向かう。戻ってきたゆみちゃんは、お母さんが洗濯したふかふかのタオルを持っていた。

「それどうするの？　何するの？」

ちゃあこはゆみちゃんの足元に擦り寄って成り行きを見ていた。すると、粗相をした場所を拭き始める。ソファーに上がって近くから眺めた。

『ちゃーちゃん、めっ』

「でも、トイレが汚れてたの」

そう訴えるとまた何か気づいたような顔をして、今度はちゃあこのトイレへ向かう。その前に立ったゆみちゃんの隣に座り、顔を見上げた。

「ね、汚れてるでしょ？　ここでおしっこはできないの」

気づいてくれた。トイレが汚れているのを、ゆみちゃんが理解してくれた。ちゃあこは嬉しかった。

ゆみちゃんは周りを見渡し、棚の中からスコップを取って砂を掘り始める。ちゃあこは、あることを思い出していた。

『あら、忘れてたわ。ありがとう、由美ちゃん』

お母さんは仕事に集中している時や忙しい時などトイレの掃除を忘れるが、いつも決まってゆみちゃんが汚れていると報告してくれた。そんな時、うっかり屋のお母さんはゆみちゃんをギュッと抱き締めて頬擦(ほおず)りする。

『教えてくれてありがとう。由美ちゃんは天使ね。あなたがいるから、ちゃあこはいつも綺麗なトイレでおしっこできるわ』

お母さんに頬擦りされると、ゆみちゃんは『うふふ』と笑って喜んだ。ゆみちゃんの笑顔はお母さんにとって何にも代えがたい宝物だっただろう。それはちゃあこにとっても同じだ。

早くゆみちゃんが元気にならないかと思いながら、ゆみちゃんが初めて一人でやるトイレ掃除を横から眺めていた。

「がんばって！　ゆみちゃん！」

手元はおぼつかないが、お母さんと同じようにスコップでおしっこの玉を掬(すく)ってビニール袋に入れる。

『えっと……ウンチは、こっち』

本当は匂いが漏(も)れないウンチ専用の袋に捨てるのだが、さすがにそこまではわからない。それでもゆみちゃんは、覚えている限りお母さんの真似をし、ちゃあこの排泄物を取り除いてトイレを綺麗にした。

「ありがとう、ゆみちゃん。あたし、ここならおしっこもウンチもできるわ。またお掃除してね」

ちゃあこが鼻を擦りつけてお礼を言うと、抱っこされてリビングに連れていかれる。ゆみちゃんのお腹がグー、と鳴った。

『……おなか、すいた』

「あたしもよ！　ちゃあこもお腹空いた！」

昨日からビスケット半分しか食べていない。旅行の予定だったため、冷蔵庫に手軽に食べられるものは入っていなかった。残っているのは保存の利く冷凍食品など、ゆみちゃんが作り方を知らないものばかりだ。

けれどもトイレの掃除ができたゆみちゃんは自信をつけたのか、パントリーの扉を開けた。その中には、ちゃあこのカリカリが入っている。ただし、一番上の棚だ。

『……ちゃーちゃんのごはん』

「ゆみちゃん、取って。それがちゃあこのごはんよ」

ゆみちゃんは椅子を運んできて、上のほうにあるケースに手を伸ばした。思いのほか重かったらしく、手を滑らせて床に落とす。大きな音がしてちゃあこは一目散に逃げたが、恐る恐る戻ってくるとゆみちゃんがちゃあこの器にカリカリとトッピングを乗せているところだった。

「すごい、ゆみちゃん！　ごはんの用意してくれてるの？」

ゆみちゃんは真剣な眼差しで準備をし、大事そうに両手で持ってくる。

『はい、ちゃーちゃん、ごはん……どうぞ』

お腹が空いていたため、ちゃあこはすぐさま器に顔を突っ込んだ。ペロリと平らげると、お代わりを催促する。

「もっと頂戴。ゆみちゃんも一緒に食べよう」

ゆみちゃんは器にカリカリを足し、自分も口に運んだ。

『ちゃーちゃんといっしょ』

「そうよ、一緒のごはん食べてるのよ。今までよりもっと仲よしね」

『ゆみとちゃーちゃんは、いっしょ』

丸一日何も食べていないからか、ゆみちゃんも美味しそうだった。

それから水も換えてもらい、一緒にテレビを観てブラッシングをしてもらい、夜は一緒にベッドで寝た。お母さんが起きてくるまで、そうしているつもりのようだ。

学校の先生が訪ねてくるまで、ゆみちゃんはちゃあこのカリカリを食べて空腹をしのいだ。一人と一匹。幼い者たちは励まし合い、一週間の時を生き抜いたのだった。

幹旋先を探すってのは、簡単なことではない。

俺はそれを痛感していた。

聞き込みを続けていたが成果はなく、いつにも増して現実ってやつの愛嬌のなさに肩を落とす日々が続く。タキシードと会うと、首を横に振るだけで互いにため息を漏らすといった具合だ。常連も皆あんこ婆さんから嬢ちゃんのことを頼むと言われて精力的に動き回っているが、いい報告は聞かない。

めぼしいところはあらかた幹旋したのだ。そうそうあってたまるか。

俺の憂鬱など別世界の話だとばかりに、秋晴れの空が穏やかに見下ろしている。

「ったく、俺は何やってんだ……」

こんな時は昼寝でもするに限ると、俺はお気に入りの場所に向かっていた。そもそもお節介は性に合わない。

空き地の横にある物置の上は、人間に邪魔されない格好の場所だ。しかも、太陽が当たってぽかぽかする。この時期はあの上で毛皮を干すに限る。

俺は先客がいないことを確認し、躰を横たえた。一度そうすると日が沈むまでこうしていようという気になり、目を閉じる。猫に昼寝は必要だ。

空の高い位置でしきりに雲雀が鳴いていた。無意識に耳がピクピク反応するが、腹が満たされた今は心地よいまどろみを手放す気になれない。時折人間が立てる物音に目を開けるが、そのままた目を閉じるの繰り返し。

どのくらいそうしていただろう。跳ねるボールの音に目を開けた。人間のガキが道路で遊んでいる。空き地に動くものを見つけた。嬢ちゃんだ。道路側から入ってきて、俺のいる物置のある塀のほうへ近づいてくる。

横切るかと思ったが、嬢ちゃんは何かを見かけて脚をとめた。草むらを覗き、獲物を探し始める。伸びた雑草の間には必ず何かしらいるものだ。特にブロックの陰などには、いいものが隠れてやがる。何か見つけたらしく、身を伏せて一点を凝視していた。

小さくジャンプ。逃げられた。追いかけて前脚で取り押さえる。だが、また逃げられたらしい。後ろを振り返って飛びかかったが、一度気を抜いたあと再び獲物を探し始める。

嬢ちゃんは前向きだった。何度失敗しても平気な顔ですぐ次にチャレンジする。五度目にして上手く捕まえたようでバッタを口に咥えていた。

しかし、それも油断した隙に逃げてしまう。

「——あ……っ！」

俺も似たような失敗を何度もしてきた。特に餌を貰う生活に慣れた嬢ちゃんは、獲物を口にしたら気を抜いてしまうのだろう。

「あ〜あ、逃げちゃった」

嬢ちゃんは残念そうに草むらを眺めながら、毛繕いを始めた。いったん落ち着こうというのだろう。

「なぁ〜に若い牝をじっと覗いてるんだよ。おっさん」

「！」

いきなり声をかけられ、俺は恨めしい気持ちを隠せないまま後ろを振り返った。この声は、生意気小僧だ。

「なんだ、オイルか。覗くだなんて猫聞きの悪いこと言うな」

「気になって仕方ねぇんだろ？」

「馬鹿言うな」

「だけど下手な狩りだな。さっきから失敗ばかりだ」

お前だって見てるじゃねぇか——言うと面倒な言い合いになりそうだったため、あえて口を噤む。

オイルは俺の隣に座った。

「ちゃあこの奴、肉球が痛そうだな」

嬢ちゃんの毛繕いは肉球の手入れへと移行していたが、一向にやめる気配はない。

室内でしか生活したことのない猫なら痛くて当然だ。ラスクも捨てられてすぐ、アスファルトの道を延々と歩いてジンジンしたと言っていた。俺は生まれてからずっと野良だからその感覚はわからない。

きっと真夏の焼けたマンホールに脚を置いたような感じなのだろう。うっかり踏んでしばらくジンジンする痛みを抱えていたことなら何度かある。

「なぁ、おっさん。ちゃあこの奴、生きていけると思うか？」

「さぁな、俺に聞くな。気になるならお前が喰わせてやれ」

「馬鹿言うなよ。そんなことするわけねぇだろ」

そう吐き捨て、オイルは物置から下りて日陰を歩いていった。いったい何しに来たんだか……。

俺は前脚を枕にし、嬢ちゃんの様子を再び眺め始めた。諦めるかと思いきや、今度は雑草が密集した塀の近くを慎重に覗いている。足音を忍ばせ、耳を澄ませ、密かに息をする奴らの居場所を探していた。

何か見つけたようだ。頭を低くし、尻をぷりぷりっと振って飛びかかる。

また失敗。カサカサッ、と草を掻き分けて逃げていくヤモリの姿を想像し、俺の本能が反応した。あいつらの動きは、どうしてこうも猫をそわそわさせるのだろう。壁にぺったりと貼りついている姿も、俺の野性を掻き立てる。

「あーん、また逃がしちゃった」

しばらく見ていると、嬢ちゃんの綺麗な白い脚の地面に近いところが汚れているのに気づいた。野良猫になって日が浅く、上のほうはまぶしいくらいの白さを保っているが、この先外での生活が続けばそれも失われるだろう。

少し汚れた脚先を見て切なくなった。俺のようなおっさんはいくら汚れていても構わないが、このままいくと嬢ちゃんは厳しい世界で生きていくことになるだろう。

これまで目にした、運命に見放された猫たちの姿が脳裏に浮かんだ。

斡旋先が見つかれば、冬の寒さを経験しなくて済む。強靭(きょうじん)な矛(ほこ)を振り回して暴れる冷酷な冬将軍を知らないまま、生きていけるのだ。あいつは本当に厄介だ。この俺でも音をあげるほどの『過酷』ってやつを運んでくるのだから……。

そんなことを考えていると、眠気はすっかり去っている。

「……くそ、もう一回行ってくるか」

もう少し遠くまで脚を伸ばして聞き込みをしようと、俺は昼寝を中断し、ゆっくりと身を起こした。前脚を前に突き出し、尻を高々と上げて背伸びをしたあと歩き出す。

振り返ると、嬢ちゃんはまだ草むらの中を覗いていた。

忍び寄る足音。

迫り来るそいつの気配に気づいた俺は、危険を感じて振り返った。するとニンニクが急接近して来るではないか。それは俺の顔目がけ飛んでくる。

「ちぎれ耳さん、ちょりーっす！」

「ふがっ！」

ニンニクと思っていたのは、ふくめんの顔の模様だった。鼻と口の周りの白い部分がその形に見える。

嬢ちゃんを空き地で見かけて数日、成果のない日々にうんざりしている俺に、ふくめんは鼻鏡を紅潮させながら鼻の挨拶を求めてきた。ラスクの一件でしばらく塞ぎ込んでいたが、嬢ちゃんを斡旋するという目標を見つけてようやく本調子といったところだろう。

相変わらず飛び込んでくるような挨拶にはうんざりだが、こいつがしおれた向日葵みたいな元気のない姿を晒しているよりマシだ。そう思うことにする。

「ちぎれ耳さん、斡旋先どうっすか？」

「顔見りゃわかるだろうが」

「上のほうの家、行ってきたっすよ。誰もいないみたいっすね」

「そうか。もう戻ってこねぇだろうな」

「会いたいって言ってるんでしょ？　だったら……会わせてやりたいっすよね」

ふいに噛み締めるような言い方をされ、俺はふくめんを見た。遠くを見遣る横顔には、誰かを想う切なさが滲み出ている。嬢ちゃんの『ゆみちゃんに会いたい』という気持ちは、こいつが経験した別れに通じるのだろう。

ラスクの一件で少しは成長したか。

ただただ明るかった若造がこんな横顔を俺に見せるなんて、秋風がよりいっそう心に染みてくる。

「あ、ちゃあこちゃん！」

ふくめんの声にそちらを見ると、嬢ちゃんがこちらに向かって歩いてくるところだった。

少々痩せてきたか。しかも、首輪がない。赤いキラキラしたそいつは、鼻がピンクで白の多い茶トラの嬢ちゃんには似合っていたのに。

「おじちゃま！　ふくめんちゃん！」

ちゃあこは俺たちに気づくと、トコトコと近寄ってきて鼻の挨拶をする。猫同士のコミュニケーションの取り方も随分と上手くなった。

「首輪はどうした？」

「うんとね、引っかかって取れちゃった。首輪がないとなんだか変な気分」

自分で毛繕いをしているが、さすがに薄汚れてきてボサボサになっている。最初に店に来た時とは雲泥の差だ。栄養状態だけの差じゃない。ブラッシングとやらがよかったのだろう。あの艶々した毛並みが失われるのは、なんとも言えない気分だった。

失う時は失う。わかっている。けれども大事なものが肉球の間から零れ落ちるのをただ眺めている気分で、どうにも心がざわついていけない。

「餌の獲り方は覚えたか？」

「うん！　今日はトカゲを捕まえたわ。嚙むとビビって動いて、美味しかった！」

元気そうなのが救いだ。箱入りのお嬢ちゃんだが、思ったより逞しい。

しばらくは見守ってやろうなんて考え、はたと我に返る。いかん。歳を取ってからお節介が過ぎる。

しかし、死んでいくガキをそう何度も見たくはないというのも正直なところだ。

「ちゃあこちゃん、どうかしたんっすか？」

嬢ちゃんがしきりに肉球を舐めているのを見て、ふくめんが聞く。

「肉球が痛いの。でも、ちょっとだけよ。いつもは忘れてるくらいだから」

「心配するな。そのうち俺みたいに硬くなってくる。ほら」

「わ、おじちゃまの硬い。こんなになったら、ゆみちゃん悲しがるかも」

また『ゆみちゃん』だ。なんて返したらいいかわからず、言葉を探す。しかし、そうする隙もなく嬢ちゃんは堰を切ったように話し始めた。

「だってゆみちゃんはあたしの肉球が好きなのよ。指で触って笑うの。ツンってね、指先であたしの肉球を触るの。指でモミモミすることもあるわ。そんな時はね、マシュマロを食べたみたいな顔になるの！」

「そうか」

「匂いもね、いいんだって！　お母さんはね、ポップコーンみたいなふんわりしたちょっと香ばしい匂いって言ってた。……まだいい匂いかしら」

嬢ちゃんは自分で匂いを確かめ、また肉球を舐めて爪の間まで綺麗にする。

ゆみちゃんとの再会を諦めていないのが伝わってきた。あんこ婆さんに言われて狩りのスキルを磨いているし、斡旋先も探してもらっている。けれども、嬢ちゃんの心にはいまだにゆみちゃんがいて、心の奥底では一緒に暮らすことを願っている。

「それより早くこの生活に慣れろよ。寝床はいいとこ見つけたか？」

「うーん、まだ探してるところ。おじちゃまは素敵な寝床を持ってるのよね？」

「ああ、そうだ。嬢ちゃんの小さな躰なんて吹き飛ぶくらいの暴風雨が吹くこともあるからな。あれは厄介だぞ」

「知ってるわ。台風でしょ。すごい唸り声で襲ってくるの。喰ってやるぞって」

完全室内飼いだった嬢ちゃんは、奴の本当の恐ろしさを知らない。

「あいつが襲ってくる前に、安全なねぐらを探せよ」

「わかったわ、おじちゃま。行ってくる！　ふくめんちゃんもまたね！」

嬢ちゃんは元気に歩き出したが、俺とともにその後ろ姿を見送ったふくめんは、しみじみと噛み締めるように零す。

「……まだもとの飼い主のこと忘れてないみたいっすね」

こいつの元気のない声は、梅雨時の雨漏りみたいに辛気臭くて敵わない。

「あ、どこ行くんっすか?」

ふくめんの問いかけには答えず、嬢ちゃんの家だったという場所へ向かった。

丘の上の家は、住宅街からさらに登ったところに建っていて、少し距離もあった。積極的に近所づき合いをしようと思わなければ、孤立するだろう。孤独を愛する猫にとってはいい物件だが、人間にとってはどうなのだろう。

その時、一台の車が上ってくるのに気づいた。この先は嬢ちゃんがいた家しかないのにと、いくばくかの期待を胸に俺はそれを追った。途中、タキシードと鉢合わせする。

「なんだ、ちぎれ。そんなに慌てて」

いつの間にかちぎれ呼ばわりか。突然懐に飛び込まれた気がする。

「車が上ってった。あっちは嬢ちゃんの家しかないだろう」

奴は俺の話を聞くなり、そちらに向かった。車に気づいたのは俺だってのに、先を行く奴のキンタマを見ながら歩くのは少々面白くない。こんな些細なことにこだわるなんて、どうせ俺は器の小さい牡さ。

奴を追い越すが、すぐに追い越される。また追い越した。さらに追い越される。

「おい、お前いい加減にしろ」

「なにがだ、ちぎれ」

「馴れ馴れしく呼んでいいとは言ってないぞ、新顔」

「いつまで新顔扱いなんだ」

ガキのような張り合いをしているうちに、到着した。車が敷地の中に停まっている。ちょうど車のドアが開くところで、俺とタキシードは物陰に隠れて様子を窺った。

後部座席から降りてきたのは年配の女だ。次に小学生くらいの女の子が姿を現した。運転席側からは気難しそうな男が出てくる。

『ほら、いらっしゃい。久し振りのおうちよ。来たいって言ってたもんね』

婆さんの台詞から、あの子供が嬢ちゃんの会いたがっていたゆみちゃんだとわかった。

「俺がここで見張ってるから、タキシード。嬢ちゃんを呼んできてくれ」

「俺が見張る。お前が呼んでこい」

「なんだと？」

険悪。

そもそもこいつとはソリが合わない気がする。揉めている場合じゃないってのに、互いに一歩も退けない状況だ。無言のまま睨み合っていたが、頭上から声が降ってくる。

「俺が呼んできてやるよ」

オイルだった。塀の上から冷めた目で見下ろされ、子供じみた行動を反省する。「頼む」

と言ってオイルに任せると、俺たちは人間たちの様子を監視した。

『由美ちゃんの宝物を持って帰りましょうね。クレヨンとぬいぐるみと、あとはなんだっけ?』

『……ちゃーちゃん』

どうやら荷物を取りに来たらしい。二人に手を引かれ、家の中へと入っていった。しばらくしてまた出てきたが、荷物はそう多くはない。

『これでいいわね。忘れ物ない?』

『ちゃーちゃん。……たからもの、……ちゃーちゃん』

『ちゃーちゃんって何?』

『猫じゃないか? 写真に写ってただろう?』

『そうね。猫砂も餌もあったのに猫だけいないものね。施設の人が保護してるのかもしれないわ。帰ったら聞いてみましょうね』

老夫婦は間にゆみちゃんを挟むようにして立ち、家を見上げた。白い壁の大きな家は、二人と一匹で住むには少々大きいらしい。

猫を飼う前提ならいい飼い主ってことだ。

『こんな……立派な家建ておって……仕事でも成功したってのに、子供を置いて死ぬなんてなぁ』

『もうやめて、あなた』

『あんな男に騙されなければ……っ』

『しょうがないわ。あの子が好きになった人だもの』

『あんなヒモのような男がか？　芸術だかなんだか知らんが……女の稼ぎで喰って、一円にもならない絵ばかり描いて……子供ができたら怖くなって逃げるような男だぞ』

『芸術家なんて私たちには理解できないもの』

　二人の話からゆみちゃんのお母さんの事情ってのが、少しずつ呑み込めてくる。

　どうやら両親に反対されて駆け落ち同然に結婚したらしい。ゆみちゃんを産んだあと男に逃げられ、一度両親を訪ねたようだが拒絶されて縁が途切れた。それ以来誰にも頼らず、母子と猫とで暮らしていた。

『私たちも他人のことは言えないじゃない』

　婆さんの表情が曇った。浮かんでいるのは自責の念だ。

『この子が生まれた時、ひどいことを言ったじゃない。あんな男と結婚なんかするから、障害者が生まれたって。父親ですら逃げただろうって。人として最低なことを言ったのよ』

『そうだな、俺たちは親失格だ。いや……親以前の問題だな……』

　人間ってのは、他人と違うことを嫌うらしい。だが、後悔もしている。気難しそうな男が肩を落とす様子から、それが痛いほど伝わってきた。

『じぃじ、ばぁば』

ゆみちゃんは二人を交互に見て悲しそうな顔をした。そして、目頭を押さえる二人の顔を覗き込み、くるりと踵を返し、てててて……、と庭の隅に駆けていく。戻ってきたゆみちゃんの手に握られていたのは、花だ。

『泣かないで……、……じぃじ……、……ばぁば……』

先端に白い花がいくつもついてるが、あれは雑草だ。空き地でもよく見る。それでも肩を落とした二人の慰めにはなるだろう。

『ありがとう、じぃじとばぁばにくれるのか?』

それを受け取った気難しそうな男の表情が、ふわりとほどけた。

『……うん、……もう、泣か……ないで』

『ああ、もう泣かない。こんな宝物を置いていってくれたんだからな。笑顔でいないとバチが当たる』

『ほんとね。由美ちゃんはとってもイイ子。お婆ちゃんたち、間違ってたわ。もっと早く由美ちゃんとこうして一緒にいられたらよかった。そしたら、あの子も一人で全部抱え込まなくて済んだのに。由美ちゃんがこんなにイイ子だってことも、わかったのにね』

『もうよせ。後悔しても始まらない。これからは二人でこの子を大事にしよう』

二人に抱き締められ、ゆみちゃんは目を細めて笑った。顔が丸くなる。それを見て、胸の奥がギュッと締めつけられた。俺の中の思い出が反応したのかもしれない。

あの笑顔は、一度だけ入ったことのある婆ちゃんのふかふかの布団のようだ。嬢ちゃんがいつまでも『ゆみちゃん、ゆみちゃん』と言う気持ちがよくわかる。俺にとっての婆ちゃんのように、優しさで包んでくれる相手なのだろう。

『じゃあ、行きましょう。帰りに美味しいものを食べましょうね』

車に乗り込もうとするのを見て、俺は焦った。

「オイルの奴はまだか」

「ああ、もう間に合わない」

タキシードの言葉に舌打ちしたくなるが、その時だった。

『あ、ちゃーちゃんの……おとうさん』

ゆみちゃんが俺を指差して弾んだ声をあげた。柄の入り方は違うが、色味は嬢ちゃんと似ている。

あと少し待ってくれ。

そんな思いから、俺は物陰から出ていって尻尾をピンと立てながら人間たちのところへ向かった。よほどの猫好きなのだろう。ゆみちゃんは嬉しそうな顔で俺をそっと撫でる。

『まぁ、野良ちゃんね。由美ちゃんは猫ちゃん好き?』

『好き。ちゃーちゃんと……いっしょ。ちゃーちゃん……大好き』

『優しい子だ』

俺は腹を出して地面に寝転がり、気を引いた。早くしてくれ、オイル。早く嬢ちゃんを連れてきてくれ。

『引っ越しの時、また来ましょうね。じぃじとばぁばと一緒に暮らすのよ。はい、猫ちゃんさようなら』

必死のアピールも、残念ながらここまでだ。猫相の悪い薄汚れたオヤジにいつまでも構っちゃくれない。俺は離れていく手を見ていることしかできなかった。車に乗り込む三人を、どうすれば引き留められるか。己の無力さが歯痒くてならない。

「ちぎれ、来たぞ！」

タキシードの言葉に振り返ると、嬢ちゃんが慌てて駆けてくるところだった。ゆみちゃんはすでに車の中だ。

「ゆみちゃんっ！　ゆみちゃーん！」

嬢ちゃんは何度も呼んだ。しかし声は届かず、車はあっという間に走り去ってしまう。

「……ゆみちゃん」

呆然と立ち尽くす嬢ちゃんに、俺も嘆息せずにはいられなかった。

あと少し。本当にあと少しだった。もう少し俺にかわいい仕草（しぐさ）ができていれば結果は違ったかもしれない。土台無理な話とわかっていながら、それでも後悔は尽きない。

「すまん、嬢ちゃん。引き留めようとしたんだがな。だが、また来るみたいだぞ」

「ほんとっ？」

「ああ、引っ越しの時にな。チャンスはまだある」

「よかった」

嬢ちゃんの喜ぶ姿に、次こそはと気持ちを引き締めた。

二度と失敗は許されない。

猫生（びょうせい）ってのは、思うようにいかないものだ。必死になればなるほど、求めているものが遠ざかっていくことがある。それでも追わないよりマシだと一縷の望みを胸に足掻いてみるが、それがすべて無駄な努力だったなんてこともめずらしくはない。そんな時は、心がぽっきりと折れる。

その可能性に怯えて希望と諦めの狭間でフラフラしているのが、今の状況だ。

ＣＩＧＡＲ　ＢＡＲ『またたび』のカウンター席で、俺は背中を丸めて座っていた。視界の隅には白黒のデカい頭が映っている。奴が漏らすため息が鬱陶しいが、俺も同じくらい塞ぎきっているのだから文句は言えない。

俺が咥えているのは『ニャオン・アロネス』。キューバ葉巻で、フローラルなアロマが堪能できる逸品だ。タキシードも同じものを吸っている。生産数が少ないのか、これほどの品には滅多に出会えない。

偶然が出会わせてくれる幸運は、沈鬱な気分を少しだけ慰めてくれた。それでも心が晴れるとまではいかず、もどかしい思いを抱えているしかない。

「おい、ちぎれ。本当にもう一度来ると言ってたのか?」

「なんだ、疑ってるのか?」

「そうじゃない。……そうじゃないが」

何日経っても嬢ちゃんの家に引っ越し業者が現れる様子はなく、次第に聞き違いだったんじゃなかったのかと疑いを抱くようになった。もしかしたらあの時が最後で、二度と来る気はないのかもしれない。

いいや、確かに言った。引っ越しの時にまた来ようねと、はっきりと口にした。

俺は自分がこんなに自信のない臆病者だったなんて知らなかった。いい歳だが、ここまで生きても自覚していなかった己の姿にふと出会うことがある。

「大体な、お前も一緒になって引き留めてくれりゃよかったんだよ」

あれから嬢ちゃんは、ゆみちゃんと暮らしていた家の周辺から離れようとはしなかった。

俺も何度か見に行ったが、必ずあそこにいる。心配して声をかけると、返ってくるのはいつも同じ台詞だ。

『大丈夫。だってゆみちゃんが迎えに来るもの』

本当に来るかわからない相手をいつまでも待ち続ける姿が、ある記憶と重なる。人間に餌づけされた白い子猫。中途半端に餌づけされ、いきなり餌を貰えなくなったガキは急激に訪れる寒さに対応できずに命を落とした。人間の気まぐれが与える優しさを待ち続けた結果だ。

なぜ来ないんだ。なぜ。

繰り返しても仕方のない疑問は深い沼の底を覆い尽くす澱のように、俺の心に重くのしかかっている。

「なんか言え、タキシード」

「気を落とすな。お前はよくやったよ。お前の仏頂面だけじゃあ、あれが精一杯だ。二匹でごろんごろんしてりゃ、めずらしくてしばらくあの場にいたかもしれないな」

「そりゃ慰めてるつもりか？」

俺とタキシードのごろんごろん。想像したくない。だが、少しだけ笑えた。

「今度同じようなことがあったら、お前もごろんごろんしろよ」

「気が向いたらな」

「お前……」

あっさりと裏切られ、俺は恨めしい思いを視線に乗せた。奴は素知らぬ顔でまたたびを灰にしている。歪んだ口がよりいっそうこの状況を悪く感じさせた。

しばらく二匹で肩を並べてまたたびを味わっていると、カウベルが鳴ってオイルが入ってくる。

「なんだよ、おっさん二匹でしみったれた背中晒して……辛気臭ぇな」

相変わらず生意気だが、反論する気すら起きない。タキシードの奴も若造なんか相手にするかとばかりにますます背中を丸める。しかし、オイルが鼻の挨拶を求めると応じた。

「ちゃあこの奴、まだあそこにいたぜ？」

なんだ、見てきたのか。

俺たちには言いたい放題のくせに、自分だって脚を運んでやがるじゃねぇか。文句の一つでも言ってやりたいが、なぜか言葉が出ない。まるで数日獲物に出会えなかった時のようだ。力がすっぽ抜けて疲れだけが残る。

「期待しないほうがいいぜ？」

「何を生意気な」

「人間と絆（きずな）なんてそう結べないって」言ってマスターを呼び、『ニャンテクリスト』を注文する。支払いもヤモリ一匹とスマートなものだ。

こいつは冷めている。人間とは割りきった関係しか結ばない。オイルのような考え方ができれば、少しは楽だろうか。

オイルの奴が吸い口を作ってシガー・マッチでその先を炙るのを視界の隅に捉えたまま、短くなっていくまたたびを眺めていた。

今夜はなぜかほろ苦い。

どのくらい経っただろうか。またカウベルが鳴った。今度は一見の客のようだ。中堅といった感じの客の毛皮は微かに濡れていた。ボックス席に座るなり、毛繕いを始める。

「雨か……」

嬢ちゃんはちゃんと雨宿りしているだろうか。そんなことを考えながら、俺はなぜか急に気になり出した肉球の汚れを前歯でこそぎ取った。

嬢ちゃんの一途な想いに根負けしたように引っ越しのトラックが敷地の前を陣取ったのは、それからさらに数日が経ってからだった。

それを聞いた俺は、期待を胸に嬢ちゃんの家に向かった。しかし、先に到着していたタキシードが曇った表情で俺と目を合わせて伝えてくる。状況はよくない。

少し離れたところから、あんこ婆さんが見ていた。

タキシードの横にちんまりと座って家のほうを眺める嬢ちゃんの背中は小さく、俺は二匹で挟むように隣に腰を下ろした。

「ゆみちゃんがいないの」

嬢ちゃんは途方に暮れた顔で業者の連中が荷物を運び出すのを眺めている。今日が最後のチャンスだというのは、わかっているだろう。姿を現さなければ、二度と会えない。オイルとふくめんも駆けつけた。俺らの顔から状況を把握したらしい。何も言わず、遠くから見守っている。

「ずっとここにいたのに……あたしが狩りをしてる間に来たのかしら」

「そんなことはないだろう。作業が終わってから来るんじゃないか?」

「そうね。顎のおじちゃま、きっとそうね」

心待ちにしていた嬢ちゃんにとって、こんなのはあまりにも冷たい仕打ちだ。

俺は猫神様なんてものは信じてねぇし、こういう時だけ神頼みをしても聞いちゃくれないってこともわかっているが、それでも願わずにはいられなかった。

頼むから、期待を裏切らないでくれ。嬢ちゃんの願いを叶えてやってくれ。

「あっ」

小さく弾けた声に、俺とタキシードは両側から嬢ちゃんを見下ろした。

「どうした？」

「あれよ。あたしが粗相をしたソファー。ゆみちゃんが綺麗に拭いてくれたの」

目がビー玉のようにキラキラ光っていた。見開かれた目が捉えているのは、希望かもしれない。

ゆみちゃんが保護されるまでの一週間、決して楽しい思い出ではないだろうが、嬢ちゃんはどこか嬉しそうだった。一人と一匹。慣れないこともやった。乗り越えた。

「あっちのはキャットタワーよ。あ、テーブルも出てきたわ。あれに乗っちゃ駄目なんだけど、椅子はゆみちゃんのお膝に乗せてもらうから大丈夫なの」

次々に思い出の品が出てくる。長い尻尾はピンと立ち、先だけが動いていた。俺も嬉しい時にやっちまう。

「見て！　ゆみちゃんのベッド！　あそこでゆみちゃんと一緒に寝るの」

嬢ちゃんがウキウキした声をあげるほど、言葉を失った。何もできない。

「もう一台車が来たぞ！」

オイルの声がした。まさかと思ったが、前回見たのと同じ車だ。

「来たぞ、嬢ちゃん。あれだ。あれに乗ってる」

思わず声をあげた。俺は諦めに慣れすぎたのかもしれない。もう来ないと勝手に決めつけていた。

車はトラックの前に停まり、老夫婦と女の子が出てくる。ゆみちゃんだ。

「ゆみちゃん……っ！」

嬢ちゃんが尻尾を立てて駆けていく。車から降りた三人はまだその存在に気づかず、建物を見上げていた。

『今日が見納めよ。今まで暮らしていたおうちにさよならして。鍵をかけてくるから、ここで待ってて。あなた』

『ああ、本当に最後だな』

『……バイバーイ』

ゆみちゃんは家に向かって手を振った。嬢ちゃんが足元に擦り寄って、ようやくその存在に気づく。

「ゆみちゃん！　ちゃあこよ。迎えに来てくれたのね！」

『あ、ちゃーちゃん、……ちゃーちゃん』

嬢ちゃんの姿を見ると、ゆみちゃんは嬉しそうに目を細めてしゃがみ込んだ。そして、頭から背中を優しく撫でる。嬢ちゃんはゴロンと横になり、右、左と転がってお腹を見せた。すっかり薄汚れた白い腹でも、ゆみちゃんは嬉しそうだ。

「あたしのことわかる？　ゆみちゃん」

『ちゃーちゃん……』

「そうよ、ちゃあこよ！　ずっと待ってたの！　ゆみちゃんが来るのをここでずっと待ってたのよ！」

『ちゃーちゃん……、……大好き……、ちゃーちゃん……』

ゆみちゃんはさらにちゃあこを抱き上げた。ギュッと抱き締めて頬擦りするのを見て、安堵の空気が広がる。

「斡旋先探してたんだが、無駄骨だったな」

「ふん、嬉しそうな無駄骨じゃねぇか」

俺の揶揄は、軽い笑みで一蹴された。塀の上のオイルとふくめんも、微笑ましそうにその光景を眺めている。あんこ婆さんもだ。

俺たちに斡旋先を探させる傍ら、現実を見ろと、野良として生きていくためのアドバイスまでしていたが、やはり人間と心を通わせた猫だ。最高の幸せってのが、どんな形なのかわかっていただろう。

俺たちに見守られながら、一人と一匹の再会を祝福するかのように、夕日はいっそう赤く燃えた。

『じぃじ、ばぁば、ちゃーちゃん』

地面に下ろされると、嬢ちゃんは戻ってきた二人の脚にも擦り寄った。折れた鍵尻尾をピンと立て、躰全部を使って挨拶している。

「ゆみちゃんのお爺ちゃんとお婆ちゃんね！　あたしちゃあこよ！　ゆみちゃんと一番の仲よしなの！」

『あらまぁ、かわいい猫ちゃん。美人さんね』

『まだ若い猫だな。鍵尻尾は幸運を呼ぶらしいぞ』

二人は微笑みながら一緒にしゃがみ込み、嬢ちゃんを撫でた。特に婆さんのほうは、満面の笑みでちゃあこをしきりに美人さんと口にしている。

『じぃじ、ばぁば、ちゃーちゃん』

『由美ちゃんは動物が本当に好きなのねぇ。茶色の猫ちゃん、かわいいわね』

『ちゃーちゃん』

『そうね。茶色の猫だからちゃーちゃんね。野良ちゃんにまで名前をつけてあげるなんて、由美ちゃんは優しいのね』

その言葉に、突然俺の心に鎌で斬りつけられたようなひんやりとしたものが走った。俺だけじゃない。タキシードや他の連中も同じだ。

まだ冬でもないってのに、そいつは辻斬りのような唐突さと冷酷さをもって、暖かな日差しを一瞬にして凍らせる。

『そういえばこの前もいたわね、茶色の野良ちゃん。この辺は野良猫が多いのかしら』

『ああ、そうだな』

嬢ちゃんは首輪をなくしている。野良猫生活のせいで、ほっそりしてきた。毛艶も以前ほどはよくない。

『ほら見て、野良猫があっちにも……あそこにも』

『地域猫でもいるんだろう。餌づけされてる猫は人懐っこい』

「……ちゃーちゃん」

『もう行こうか。予定より遅くなったからな』

『そうね、あなた。ほら、由美ちゃんも野良ちゃんにバイバイしましょ』

婆さんは立ち上がると、ゆみちゃんの手を取って車のほうへと歩き出した。ゆみちゃんは素直に従いながらも、しきりに後ろを振り返っている。

違う。そのガキの顔を見ろ。茶色だからちゃーちゃんじゃねぇ。一緒に連れていってやれ。

「ゆみちゃん！　待って！」

『駄目よ野良ちゃん。あなたは車に乗れないの。ごめんなさいね』

『ちゃーちゃん……』

ゆみちゃんが嬢ちゃんを指差して訴えているが、届かない。婆さんはゆみちゃんの前にしゃがみ込んで向き合うと、優しい声で諭した。

『うちに帰ったらクロスケが待ってるわよ。柴犬も好きでしょう？』

『うん、……好き』

『じゃあ野良ちゃんにバイバイして、帰ってクロスケと一緒にお散歩行きましょう』

『うーん……』

おしゃべりが上手じゃないゆみちゃんは、言葉を探している。だが、諦めたように頷いた。祖父母とはいえ、長年離ればなれだった。あれが母親ならもう少し主張できたかもしれない。しかし、優しいがまだ会って間もない相手に諭されれば頷くしかないのだろう。ゆみちゃんは、これが嬢ちゃんを連れて帰る最後のチャンスだとわかっていない。

「……ゆみちゃん」

ピンと立っていた尻尾が元気をなくした。そして、ゆみちゃんも不安そうな顔で婆さんを見上げている。

『ばぁば、……ちゃーちゃん』

『そうね。茶色の猫ちゃんね。猫ちゃんにバイバーイって』

優しく笑う婆さんにゆみちゃんは少し首を傾げたが、腰の辺りまで手を挙げ、左右に揺らした。元気のないそれは、まだ迷いがあることの表れだ。

「……バイバイ」

『あら、イイ子ね。バイバイできた』

『ちゃーちゃん、……いって……、き……ま……』

『行ってきますじゃなくてバイバイよ。バイバーイ』

『……いって、き……ます……、……バイバイ、……ちゃーちゃん……』

「ゆみちゃん、……行ってらっしゃい」

「！」

心臓が跳ねた。車に乗り込む姿を見る嬢ちゃんの目が、やたらキラキラしているように見えるのは夕日のせいだろうか。自分が口にした言葉の意味を、心の幼いゆみちゃんはちゃんと理解していないだろう。婆さんに促されるまま真似ているだけだ。それなのに、さよならするってのか。

車のドアは無情にも閉まるが、窓から目が細くて丸い顔が出てくる。嬢ちゃんの好きな顔だ。

『……ちゃーちゃん、いって、きます……、バイバーイ』

「ゆみちゃん、バイバイ、バイバーイ」

車が走り出すと、感極まったように尻尾を立てて追いかける。それまで堪えていた想いが溢れたのかもしれない。

「ゆみちゃーん、ゆみちゃーん、ゆみちゃんバイバーイ」

残された嬢ちゃんの後ろ姿はあまりに小さくて、俺はどうしようもなく心が空虚になった。タキシードが諦めたように疲れた足取りで歩き始める。他の連中も、一匹、また一匹と姿を消した。

俺は立ち去る気がせず、いつまでも車の消えたほうを見て立ち尽くす嬢ちゃんのところへ行った。肩を並べて座ると、ますますその小ささがわかる。

「どうして行かせた？」

「だって……ゆみちゃん笑ってたもの」

嬢ちゃんは目をまん丸にして、もういないゆみちゃんを見ていた。その姿を目に焼きつけるように。最後の触れ合いを心に刻むように。優しい手の感触をいつまでも覚えていられるように。

こんな小さな躰に思い遣りってやつをいっぱいつめ込んで……。

しばらくそうしていたが、吹っ切ったように弾んだ声をあげる。

「それにね、聞いた？　ゆみちゃんの新しいおうちには犬がいるんだって！」

「そうか、犬は嫌いか？」

「嫌いよ。ねえ、知ってる？　犬って電柱におしっこするのよ。信じられない！」

「それは俺も同感だ。だが、ゆみちゃんは嬢ちゃんとの別れだとは思ってねえぞ」

「しょうがないわ。だってゆみちゃんはまだ小さいもの」

「ゆみちゃんが嬢ちゃんがいないことに気づいて迎えに来たらどうする？」

「その時は一緒に暮らしてあげてもいいわ。犬は我慢する！」

本当は一緒に暮らしたい。言葉にせずとも、気持ちは伝わってくる。けれども、あえてそこには触れなかった。

「嬢ちゃんは牡前だな。そんな無粋なことはしない。相手の幸せを優先してやるなんて、そうできねぇぞ」

「避妊手術はしてるけど、あたし牝よ」

「わかってるよ。中身が牡前って意味だ。褒めてるんだぞ。いい餌場を教えてやる。嬢ちゃんだから特別だぞ」

「ほんと？　ちぎれ耳のおじちゃま」

「ああ」

「じゃあさっそく行きましょう！」

俺たちは歩き出した。

店が開くにはまだ早い。俺のとっておきを全部教えてやる。新鮮な水がある場所。狩りのしやすい場所。日向ぼっこができる場所。人間が来ない静かな場所。

俺は一度だけ車の走り去ったほうを振り返った。

一人と一匹。嬢ちゃんたちはともに生き抜いた。

『だって……ゆみちゃん笑ってたもの』

この言葉を俺は一生忘れないだろう。そう言って、ずっと待っていた相手を行かせてやった嬢ちゃんの想いは、俺が抱えていてやる。

どこからともなく魚の匂いがしてきた。そろそろ人間どもが夕飯の準備を始める頃だ。

「わ、いい匂い」

「こりゃサンマだな。明日の朝はゴミ出しの日だ。ありつけるかもしれねぇぞ」

「楽しみ」

俺は人間の残した魚を想像した。香ばしい匂いと染み出す脂。たっぷりと身のついたそいつは、俺らにとってご馳走だ。

「おじちゃま。涎（よだれ）」

「おっと失礼」

俺はべろんと口の周りを舐めた。嬢ちゃんが笑っている。秋の夕暮れは優しくていけない。俺みたいなオヤジでもセンチメンタルな気分になる。

深く色づいたほおずきが、夕日と重なった。

本作品は書き下ろしです。

本作品に関するご意見、ご感想などは
〒101-8405
東京都千代田区神田三崎町2-18-11
二見書房 サラ文庫編集部 まで

# はけんねこ
## ～NNNと野良猫の矜恃～

著者 中原一也

発行所 株式会社 二見書房
東京都千代田区神田三崎町2-18-11
電話 03(3515)2311［営業］
03(3515)2314［編集］
振替 00170-4-2639

印刷 株式会社 堀内印刷所
製本 株式会社 村上製本所

落丁・乱丁本はお取り替えいたします。
定価は、カバーに表示してあります。



ISBN978-4-576-20135-1
https://www.futami.co.jp/

二見サラ文庫

# はけんねこ

〜飼い主は、あなたに決めました！〜

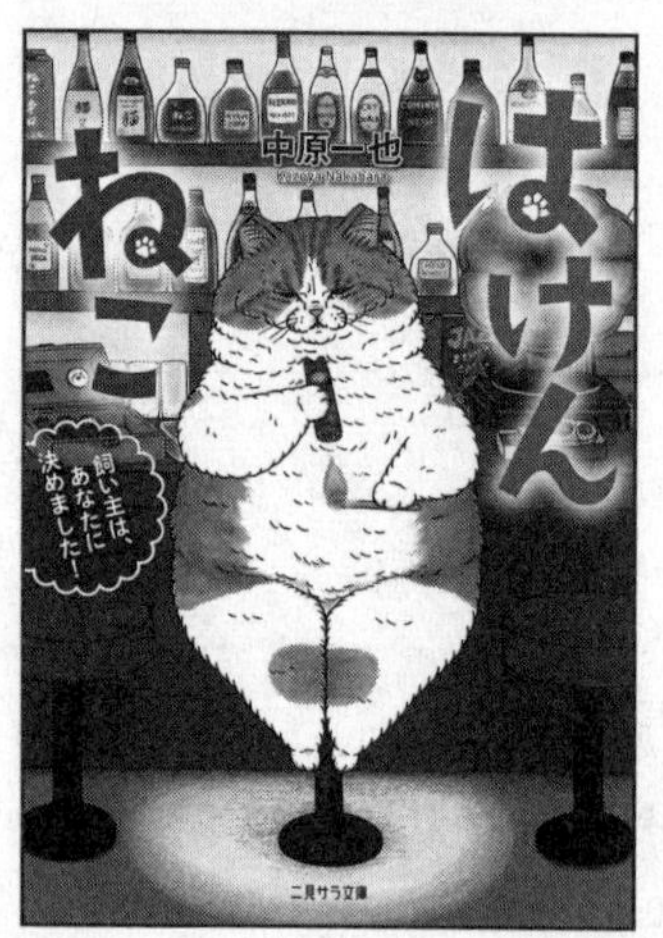


## 中原一也

イラスト＝KORIRI

猫はあなたを選んでやってきます。宵闇に集まるのら猫たちが飼われたいのは⁉　絆が必要なあなたに。じんわり＆ほっこり猫の世界。

二見サラ文庫

# あやかし長屋の猫とごはん

須垣りつ
イラスト＝tacocasi

父の仇討ちのため江戸に上った武士の子・秀介。力尽きかけたところを可愛らしい白い猫又に案内され、不思議な長屋に辿り着くが…。

二見サラ文庫

# 恋する弟子の節約術

青谷真未

イラスト＝和遥キナ

幸と不幸が目まぐるしく訪れる体質の文緒。幼き日に出会った「魔法使い」の青年・宗隆と再会し押しかけ弟子となるが、収支は火の車で？

# うちの作家は推理ができない

なみあと
イラスト＝いつか

「また、推理パートを忘れてしまいまして」若手編集者のわたしが担当するのは、大学生作家・二ノ宮花壇。彼にはとある悪癖があって…

二見サラ文庫

# 上野発、冥土行き 寝台特急大河
## ～食堂車で最期の夜を～

**遠坂カナレ**
イラスト＝水引まぐ

不登校の未来来はアレクセイと名乗る死神に雇われ、死者のための食堂車を手伝うことに…。大切な人との最期の時間を運ぶ物語。